文春文庫

やさしい共犯、無欲な泥棒

珠玉短篇集

光原百合

JN031218

文藝春秋

目次

第一部　潮ノ道の物語

第二部　短篇の名手

第三部　尾道草紙

本書は文春文庫オリジナルです。

初出

黄昏飛行　『エール！2』（実業之日本社文庫／二〇一三年四月）

黄昏飛行　涙の理由　『アンソロジー　初恋』（実業之日本社文庫／二〇一九年十二月）

不通　「STORY BOX vol.02」（小学館／二〇〇九年九月）

花散る夜に　二階堂黎人編『新・本格推理　特別編　不可能犯罪の饗宴』（光文社文庫／二〇〇九年三月）

やさしい共犯　鮎川哲也編『本格推理⑥』（光文社文庫／一九九五年五月）

無欲な泥棒——関ミス連始末記　鮎川哲也編『本格推理⑨』（光文社文庫／一九九六年十二月）

花吹雪　「尾道草紙2」（尾道大学創作民話の会／二〇〇七年三月）

弥生尽の約束　「尾道草紙11」（尾道市立大学創作民話の会／二〇一六年三月）

何もできない魔法使い　『風の交響楽《シンフォニー》』（女子パウロ会／初版一九九六年三月、改訂初版二〇一九年六月）

DTP制作　エヴリ・シンク

やさしい共犯、無欲な泥棒

珠玉短篇集

第一部

潮ノ道の物語

広島県尾道市に生まれ育ち、尾道の大学で文学を教えながら創作に励まれていた光原さん。『扉守　潮ノ道の旅人』をはじめ、故郷をモデルにした架空の街「潮ノ道」を舞台とした作品を数多く発表されました。海と山にはさまれ、新旧の文化が混淆するこの町では、不思議な事件が絶えません。本書では、それらの中から選りすぐった三篇をお届けします。

黄昏《たそがれ》飛行

永瀬《ながせ》真尋《まひろ》はもう一度、自分の周囲を見回した。左手には書き込みがいっぱいのキューシートとニュース原稿その他の資料、進行時間を示すモニター。右手にはネットにつないだiPadと、リスナーから寄せられたお手紙やファックス、メールのプリントアウト。そして電話兼ファックス受信機。正面にでんと据《す》えられた壁のような機械には様々な計器やランプが光り、手元には音声調整用レバーが二十三本並んでいる。そういったものにぐるりと囲まれて座っているところは、飛行機のコックピットのように見えなくもないだろう。本番前はいつも、離陸を待つ操縦士になったような気分だ。

機械の左上部に突き出たランプが赤く点灯した。本番入りの合図だ。真尋はヘッドフォンをかぶり、モニターに表示された時間を横目で確認すると、機械上部に並んだMDスロット1のスイッチを入れた。ヘッドフォンから軽快なジャズ調のメロディーが流れてきたところで、右手手元に一つだけ独立した大きめのレバーを引く。マイクカフと呼ばれるこれのオンオフで、マイクに向かって話した声が放送内に流れるかどうかを操作する。番組パーソナリティーにとっては操縦桿《かん》みたいなものだ。

「こんにちは。五月六日木曜日、午後五時になりました。『黄昏飛行《たそがれ》』の時間です。今日はいいお天気でしたね。風薫る気持ちのいい季節になりました。さて、最初のコーナーは……」

よし、無事テイクオフ。ＦＭ潮《しお》ノ道《みち》オリジナル番組『黄昏飛行』、ここから二時間ばかりのフライトとなる。

話しながらスロット１に入れたＭＤを抜き、三つ目のコーナーのテーマ音楽の入ったＭＤをあらかじめ差し込んでおく。コーナーごとにＭＤを差し替えていては、慌ただしくて放送事故のもとなので、上下に並んだ二つのスロットを交互に使うのだ。それでも慣れないうちは、差し替えを忘れていて次のコーナーが始まるとき焦ったり、違うコーナーのテーマを流してしまったり、そもそもテーマ音楽を流すのを忘れたりした。この小さなコミュニティＦＭでパーソナリティーとして働き始めて一年、そういうミスはかなり減ってきたのだから、ずいぶん成長したものだよ。うん。

昨年春に番組の再編成があった。「黄昏飛行」というタイトルはそのとき、着任間近だった真尋が意見を聞かれ、提案して採用されたものだから、この番組も真尋と一緒に成長してきたことになる。英語でいえば「トワイライト・フライト」、韻を踏んでいるところも気に入っていて、悪くないタイトルだと思う。

スタジオブースの大きな窓から外を見た。玄関ロビーをはさんでガラス張りの表扉のすぐ向こうは潮ノ道駅前商店街なので、行きかう人たちがよく見える。興味深げに覗《のぞ》き込まれることもあり、放送の合間であればにこやかに手を振ることにしている。コミュニティFMは地域の人に愛されてこそやっていけるのだ。ここ、瀬戸内海沿岸の町である潮ノ道はそこそこの観光地なので、昼間は観光客もずいぶん通っていた。もう少ししたら、帰りに軽く呑《の》もうという勤め人たちの姿が増えてくるだろう。

「お花見にやって来た坂下《さかした》幼稚園の子供たちは、海を見下ろす畑に広がる真っ白い除虫菊の眺めを楽しんでいました。……わあ、羨《うらや》ましいなあ。わたしも除虫菊は大好きなんですよ。……以上、今日のニュースのコーナーは、いつも熱々の心をお届けする、オセロ・ピザ潮ノ道店の提供でお送りしました」

幼稚園のお花見とは、ニュースとして実に地味だが、声は本当に楽しそう、かつ羨ましそうになるよう気を遣う。プロのたしなみだ。同時に手の方は自然に動いてMDスロット2のスイッチを入れた。つつがなく次のコーナーの音楽が流れ出す。今日は場合によってはスクランブル態勢が必要になるというのに、この落ち着きぶりにはわれながらほれぼれする。局長も誰も言ってくれないから自分で褒《ほ》めてみた。

そうしている間も、iPadには時折目を配っていた。視聴者からのメールは、公開している局のアドレスに番組中にもリアルタイムで届いて来るが、進行中のパーソナリティーがそのまま読むことはない。放送で流してはまずいものもあるというだけでなく、パーソナリティーが目を通しただけで動揺しそうなものも、残念ながら皆無ではないからだ。ごくごく紳士的なものをあげても「このへたくそ、やめちまえ」だとか「あなたの声を聞いていてわかりました。僕の運命の人です。結婚してください」だとか、そういったたぐいである。こののどかな町では都会に比べれば桁違いに少ないらしいが。とにかく視聴者からのメールはすべて、スタジオ二階のオフィスに放送中必ず一人は常駐しているスタッフ（と言っても全部で三人）が読んで、まずいものはスルー。タイムリーに番組中に紹介すると面白いものだけ、真尋のアドレスに転送してくれるのだ。

もっとも二階からメールが届くのはそれだけではない。放送中に思わぬ失敗をしてしまったときもだ。常駐スタッフは必ず放送の方も聴いていて、気づいたことがあれば、〈さっき、CM一つ抜かしたよっ〉〈スポンサーの名前呼び間違い〉というような深刻なものから〈『井の中の蛙《かわず》』ということわざは、『狭いながらも楽しい我が家』という意味ではありません〉といった突っ込み（こういうのは局長から。あたしの失敗を見つけるのを楽しんでないか？　と被害妄想を抱いた時期もあった）までメールで入れてくる。CM中や音楽を流している最中でマイクを切っているときは、音が入っても問題ないので、直接電話がかかってくることもある（「さっき展覧会のお知らせのとき、日付を九月三十一日からと言い間違えましたね？　九月は小の月です」）。さらにさらにせっぱつまったトラブルのときは、人間が直に二階から駆け下りてくる。以前、ゲストコーナーにお呼びした地元企業の重役のおじさまの話が終わり、「今日はありがとうございました」「こちらこそ。今度いっぺん吞みに行きましょう」「嬉《うれ》しいです。是非お誘いください」と社交辞令を交わしていると、おじさまの背後のガラスの向こうで血相を変えた局長が手を振っていた。いつもは体温無いんじゃないかと思うくらい冷静な人物なので、珍しいこともあるもんだと思った。スタジオブースは腰から上がガラス張りなのでよく見えるが、むろん防音なので何を言っているかはわからない。エンディングテーマを流しているのだから、用事ならブースに入ってくればいいのに、と思いつつ『何か?』とひそめて見せた眉で伝えると、局長は表情筋の運動のように大きく口を開けながらしゃべった。〈マ、イ、ク、キ、レ、テ、ナ、イ〉よくもまあ、企業秘密やら誰かの悪口やらをしゃべらなかったことだ。潮ノ道中にお届けするところだった。

最近はそんな失敗もずいぶん減ってきたが、それでもたまに突っ込みメールやファックスが入るたび、放送中のどこにお詫《わ》びと訂正を差し込もうかと頭を悩ませることになる。その間番組の方は何事もないかのように明るい声で進行させなければならない。

「体に悪いです」と一度局長にこぼしたら、「それは僕の言うことだと思いますが」と返された。「局長の口調はいつも嫌味なほど丁寧ですね」ともう一言いうと、「後学のため教えておきますが、こういう話し方を『慇懃《いんぎん》無礼』といいます」だそうな。

今日は幸いここまで失敗はないが、いつもと違う理由でもメールや電話を気にしなければならない。ゲストがまだ到着していないので、その情報を待っているのだ。ゲストコーナーは十分後には始まる。

今日のゲストは持福寺《じふくじ》という寺の住職、安野了斎《あんのりようさい》氏である。お寺の仕事は大部分を副住職である息子さんに任せ、自分はマイナーなアーティストをせっせと潮ノ道に招いてコンサートや展覧会、ワークショップを主催している変わったお坊さんだ。ちょいちょいそういったイベントの宣伝をさせろ、と局長に売り込んでくる。こちらとしても番組の中のゲストコーナーのネタは常に探しているので利益は一致。これまでも何度か登場してもらったことがある。

ところが今日、本番三十分前になって了斎和尚《おしょう》の携帯からオフィスに電話が入った。真尋はすでにブースに入って本番準備を始めていたので、電話を受けたスタッフから報告があったのだ。なんでも今日、急にお葬式が入ったらしい（そりゃあ葬式は普通、急に入るものだが）。故人はよその町に住んでいたが寺としても長年の義理のある人だったらしく、息子さんに任せるわけにいかなくて、了斎さんが出張ることになった。出演者とは本番二十分前に簡単な打ち合わせをすることになっているが、それまでには問題なく、潮ノ道商店街の真ん中にあるＦＭスタジオまで帰りつける予定だったので、特に連絡はよこしてなかった。ところが帰り道で事故による交通渋滞に巻き込まれ、打ち合わせには間に合わないことが確実となって、携帯から電話をかけてきたのだ。この時間では本番のほうもぎりぎりになる。

局長は、それでは今日のご出演はキャンセルということに、と申し出た。大きな放送局の番組だったら、生放送の内容を急に変えるのはジェット機の方向転換ぐらいのおおごとかもしれないが、幸い我がＦＭ潮ノ道は『風の谷のナウシカ』が乗っているメーヴェなみに小回りが利く。だが和尚は、「いんや、イベントの日程が近いんじゃけえ、なんとしてでも出てしゃべる。わしの出番までには空を飛んででもそっちに着く」と言い張ってきかなかったらしい。すっぱり出ないことにしてもらったほうが、来るか来ないかわからないよりこちらは助かるのだが。

「まあ大丈夫よ。任せておいて」

状況報告に来てくれたスタッフの海斗《かいと》にはそう答えておいた。了斎和尚は出演に慣れていて、いざとなったら一人でしゃべり続けることもできるゲストだから、打ち合わせはしなくても大丈夫だろう。ゲストコーナーまでにスタジオに入ってもらいさえすれば何とかなる。どうしても間に合わなかったら、十分ほどの短いコーナーだ、このあたしが小粋なトークででも繋《つな》いでやろうじゃないの。大丈夫、緊張も動揺もない。一年前の、トラブルがあるたび落ち込んで、スタジオ向かいのブティックの奥さんに飴《あめ》をもらって慰められていたあたしとは違うのだ。ふふんっ。

「……『真尋さん、こんにちは。初めてのお便りですが、いつも楽しく聞いています』はい、真尋です、はじめまして。ありがとうございますー」

視聴者からのお便りを紹介している。数日前に郵便で局に届いたものだ。丁寧な筆跡で書かれた葉書で、メールでのお便りが圧倒的に増えた最近では珍しい。

「『私はこの春、二十年ぶりに故郷の潮ノ道に帰ってきました。今は看護師として働いています。潮ノ道の駅前のあたりはずいぶん変わっていて驚きましたが、街全体の懐かしい雰囲気は逆に、驚くほど変わっていませんでした。その意味では、私の方が変わってしまっているかもしれませんね。この二十年の間に結婚し、一昨年には夫を亡くすという経験もしました。こちらに帰ってきたのは高校卒業以来です。幼なじみとのやり取りも絶えてしまったのですが、戻ってみると、懐かしいみんながどうしているか気になります。私は旧姓が「馬割《まわり》」、名前が「美知《みち》」ですから、小さいころは近所の〈がんぼ〉によく、「まわりみちー、まわりみちー」とからかわれていました。私のことを好きだったのでしょうか。真尋さん、どう思われます？』あー、きっとそうですよ。小さい男の子は、好きな女の子ほどしつこくからかいますからねえ。わたしだって小さいときは……」

下読みしたときは、〈がんぼ〉はきかんぼうという意味だとここでさりげなく加えようかと思ったが、やめた。FM潮ノ道のリスナーでこの意味を知らない人はいないであろう、メジャーな方言だ。それより文中にお便りの主の実名らしきものが書かれているので、読むべきかどうか局長には事前に相談した。個人情報の扱いに神経を遣わないといけない時代だ。「本人が自分で書いているのだから問題ないでしょう」というのが裁定だった。「それに今は名前が違うわけですからね」とそのとき局長が指差したのは、文章の続きだった。『こうして今の名前で、潮ノ道で仕事をしていることにご縁のようなものを感じます。故郷でこれからがんばっていきたいと思っています』

パートナーとの死別後も、籍を抜かずにそのままの名字を使っているのだろう。しかし今の名前はどこにも書かれていない。文末には「michi」と署名がしてあるだけで、住所も書かれていなかった。落ち着いた文面に似合わずそそっかしい人なのだろうか。とはいってもラジオへの投稿だから、普通の郵便物と違って自分の住所氏名が書かれていないものはそう珍しくない。

なんにしても、そのせいでラスト前の一文がなんとも意味不明である。時間の都合などでお便りを前略中略後略することはよくあるので、申し訳ないけれどそこははしょることにして、こう締めくくった。

「『故郷でこれからがんばっていきたいと思っています』いろいろ大変だったと思いますが、この潮ノ道でがんばってください。番組のほうも引き続きどうぞよろしく。……以上、お便り紹介のコーナーは、あなたの美容と健康を応援する、シティ・フィットネス備後店の提供でお送りしました。それでは曲をお聞きください。花の季節にふさわしく、ベット・ミドラーの『ローズ』」

MDスロットの横のCDスロットに入れておいたお気に入りのCDは、すでに流す曲をスタンバイモードにしてある。スイッチを入れてマイクカフを切り、ちょっと一息ついた。了斎和尚はまだ現れない。消息を告げるメールも入っていない。この曲が終わるとゲストコーナーだ。いよいよか、と小粋なトークネタを頭の中でさらっていたとき、放送局のガラスの表扉に小柄な人物が飛びついた。毛のない頭に皺《しわ》だらけの顔、さながらジェダイマスターのヨーダ・袈裟《けさ》を着たバージョンである。スタジオのある潮ノ道商店街は朝八時から夜八時まで車両乗り入れ禁止だから、この元気なじいさまは入り口のところで車を降りて走ってきたに違いない。袈裟を着たヨーダが商店街を疾走する光景。新手の妖怪か。

迎える真尋がスタジオ入口の防音扉を開けたところへ、ちょうど了斎さんもやってきた。

「おう、間に合うたか。よかったよかった」

「はい、お疲れ様です、でもぎりぎりです。スタンバイお願いします」

「わかった、任せとけ。これはわしのコーナーで流す曲じゃ。五曲目の『別れても好きな人』を頼む」

そういって袈裟の下からCDを出す。ゲストコーナー最後の曲はリクエストがあれば応えることにしているが、また大層な懐メロだ。こちらの気持ちが顔に出たのか、了斎さんは妙にしんみり、「今日見送った故人の、思い出の曲だったらしゅうてのう」と言った。ささやかな追悼の気持ちなのかもしれない。

曲が終わりかけていることに気づいて、真尋は急いで自分の席に着き、渡されたCDをスロット2に入れて五曲目をスタンバイモードにした。了斎さんはすでにちゃっかり座っている。

「それではゲストコーナーです。今日はおなじみ、持福寺ご住職の安野了斎さんに来ていただきました。了斎さん、こんばんは」

うん、われながら落ち着いてる。ゲストが一分前に駆け込んできたとは思えまい。当のゲストはそれに輪をかけた落ち着きぶりで、今しがたまで座禅を組んでいました、とでもいうような穏やかな声で話し始めた。

「今日は皆さんに、楽しい展覧会のお知らせをしようと思うて出てまいりました。よろしゅうお願いします。皆さんは丸山《まるやま》マサオという画家のことを知っとってじゃろうか。そりゃあ珍しい、素晴らしい版画を作る人でのう……」

ゲストによっては、適当に質問をはさんで言葉を引き出してあげるほうがいいこともあるが、了斎和尚にはその気遣いは不要だ。「ははあ」「へええ」「ふうん」と感心したような相槌《あいづち》を打っていさえすればいい。とはいえ放っておくとどこまでもしゃべり続けるから、制限時間に気をつけなければならない。それにイベント日程告知については、間違いがあってはいけないのでこちらで言うことになっている。今日の資料の中から事前に届いていたイベントのチラシを取り出した。

幸い今日の了斎さんは話が長引くようなこともなく、ほぼ時間通りに「そういうわけで、皆さんにもぜひ来てもらいたいと思うとります」と話を締めくくった。

「了斎さん、ありがとうございました。丸山マサオさんの展覧会、場所はギャラリー喫茶『シャノワール』、日程は五月十三日木曜日から二十日木曜日まで。会期中無休。時間は午前十時から午後五時までです。入場料は必要ありませんが、喫茶店ですから必ずワンオーダーをお願いします。ぜひ行ってみてくださいね。それではここで曲にまいりましょう。了斎さんのリクエストで、懐かしいですねえ、『別れても好きな人』」

懐かしいといってもヒットした時代をリアルタイムで知るわけはないが、テレビの懐メロ特集などで聞いているので、口ずさむこともできる。ＣＤスロットのスイッチに手を伸ばしたとき、手元に置いていたＣＤジャケットにたまたま目が留まり、同時に手も止まった。ジャケットには和服姿でポーズをとる女性が写っていた。

こういうとき人間の頭は驚くほど速く回転する。――違う。『別れても好きな人』を歌ってたのは、この人ではないはず。収録された曲一覧はどこだ。ここか。五曲目は『別れても好きな人』じゃない、『好きになった人』だ。この坊さん間違えて持ってきよったな。こちらも時間がなくてチェックできなかったからな。いいからこのまま流すか。いやささやかながら追悼だという。別の曲というわけにはいかない。あ、まずい、十五秒以上間が空いたら放送事故扱いだ。始末書ものだ。それだけは避けないと。

「別れた人に会ーった、別れた渋谷で会ーった、別れたときとおんなじ……」

真尋はマイクに向かって歌いだしていた。驚くほど速く回転する人間の頭は、ときおり予測もつかない結論を出すものだ――と、わずかに残った冷静な部分で思いつつ。そしてまた、そんなら早く止めろよ、と残りの部分で反論しつつ。

「やっぱり忘れられない、変わらぬやさしい言葉で……」

思い入れたっぷりな合いの手が入った。了斎さんが実に気持ちよさそうに、自分の前のマイクを握りしめて歌っていた。

ゲストコーナーが終われば、番組自体もすぐに終了となる。午後七時よりあとの時間は全国配信のFM番組に切り替えるので、FM潮ノ道からの今日の放送はここまでだ。

「今度はカラオケで『でゅえっと』しょうで」

ご満悦の了斎さんを表扉から丁重に送り出し、真尋はため息をついて回れ右した。FM潮ノ道の建物はごく小さい。一階にはスタジオがあるだけだ。表扉を入ってすぐのロビーは吹き抜けになっていて、左手に二階オフィスに上がる階段がある。行きがかり上『別れても好きな人』をワンコーラス歌っている間、スタッフからはメールも来ず、人間が直接駆け下りてくることもなく、二階は不吉な沈黙を保っていた。

アイガー北壁を登攀《とうはん》するような気持ちで急な階段を上る。上がってすぐのところには来客用に古びた応接セット。その向こうがスタッフたち、と言っても三人きりだが、のデスクだ。そのうちの二人、西条《さいじょう》海斗と山斗《やまと》の双子がいつものように向かい合ってデスクについていた。顔だち自体はそっくりなのに、海斗は常に、今にもしゃべりたそうにしているので口が大きく見え、山斗は逆に、常に口をへの字に結んでいる。真尋は彼らをひそかに「阿吽《あうん》兄弟」と呼んでいる。二十代前半だから真尋とはほぼ同世代だ。

海斗が嬉しそうにこっちを見て、おそらく『別れても好きな人』への感想を言おうとしたので、先手を打って残る一人のスタッフのことを聞いた。

「局長は？」

山斗が黙ったまま奥を指さす。男女のお手洗いの扉が並んでいるところだ。

「もしかして掃除？」

期待を込めて聞いた。ＦＭ潮ノ道は完全民主主義制で、トイレ掃除当番からは局長たりとも逃れられない。もしかして局長が、今日は放送の監視（被害妄想かな）を双子に任せてトイレ掃除にいそしんでいたなら、さっきのデュエットは聞いていないかもしれない。

するとと海斗が、楽しくてたまらないという様子で言った。

「ううん。ワイシャツとネクタイをもみ洗い中」

「洗濯？　なんでまた」

「さっきの歌が始まったとたん、飲んでたコーヒーを噴いてしもうた」

「俺の淹《い》れたコーヒーを」

山斗が恨めしげにひとこと加える。

……真尋はお手洗いの扉に突進した。

「局長局長！　申し訳ありません！　あたしが洗いますあたしが！」

こちらを見た局長の顔は、冷静を通り越して冷凍《フリーズ》状態だった。その手には濡れたランニングシャツ。洗面台にはワイシャツとネクタイ。ここでようやく真尋は、局長が上半身裸であることに気づいた。

「僕の記憶が正しければ」

ゆっくり言葉を解凍するように、局長はしゃべった。

「ここは男子トイレのはずですが」

わーーーーーっ。

しばらくして我に返ると、真尋は局向かいのブティックのウインドーに手をついて、がっくりうなだれていた。

「真尋ちゃん。久しぶりじゃねえ」

親切なブティックの奥さんが、手のひらに「瀬戸内名物しょうがレモン飴」を五個のっけて差し出してくれた。

目を覚ましてみると、もう朝の十時だった。社会人としてはどうかと思う起床時刻だが、いつもこうだというわけではない。真尋は寝起きはかなりいいほうで、目が覚めるともうベッドにじっとしていられず、さっさと起きだしてしまう。落ち込むことがあったときだけ睡眠時間が長くなるのだ。

FM潮ノ道の契約社員であるパーソナリティーには決まった出社時間はない。それぞれの担当番組の準備に間に合うよう局入りすればいいので、平日夕方だけの「黄昏飛行」を担当している真尋の場合、午前中はたいてい自由に使える。その分給料は安いが、実家に寄生《パラサイト》しているのと、土日祝日にイベントの司会などを頼まれたときの臨時収入のおかげで、どうにかつつがなくやっている。

それにしてもここまで落ち込みを引きずったのは久しぶりだ。昨日はあのあと局長に、簡潔明瞭かつ理路整然と叱《しか》られた。景品用に作って局にストックしてある「FM潮ノ道」ロゴ入りのTシャツに着替えた姿でも、まだ三十代半ばと思えないその威厳はいささかも減じていなかった。

　両親も二つ上の兄ももう勤めに出ていて、うちには誰もいない。ダイニングキッチンで一人の朝食となる。昨日は夕食を食べる気にもならなかったので、猛烈におなかがすいていた。クルミとレーズンを焼きこんだパンをスライスして軽くトーストしたものと、チョコレート生地のベーグル。最近、潮ノ道にはおいしいベーカリーが立て続けに開店して、パンの戦国時代到来といわれている。

　ベーグルはもちもちと、クルミレーズンパンはかりっと、それぞれの食感を楽しむために両手に持って交互にかじるという小学生のような食べ方をしながら、真尋はため息をついた。

　こんなおいしいものが作れるっていいな。世の中の役に立ってる実感があるだろうな。

　それに比べてあたしは。

　自分の声と言葉を電波という翼に乗せて、広い世界のどこかの、それを必要としてくれる人のところに届けたい。中学校以来、ずっとそう思い続けてきた。放送部に所属し、体育祭のアナウンス中にマイクを取り落として壊したり、会議中の職員室に間違って下校の音楽を大音量で流してしまったりと失敗は尽きなかったが、前向きでめげないことが取り柄なので、進路に迷ったことは一度もない。大学は関東のコミュニケーション学科のあるところに進み、並行してアナウンサースクールにも通った。就職活動中は進路相談室のキャリアカウンセラーからのアドバイスも無視して全国の放送局のみを片端から受けまくり、片端から落ちたが、卒業後、父の知り合いの紹介というコネのおかげとはいえ故郷のＦＭ潮ノ道で仕事を得た。契約社員ではあるが、目標の一角にとりついたと思っている。

思っているのだが。

思っているのに。

昨日のようなことがあると、さすがに「前向きでめげない」という取り柄だけでは、どうにもならないことがこの世にはあるのかもしれないという気がしてくる。もしかして、自分にはこの仕事が向かないのではないか。キャリアカウンセラーのアドバイスにもっと耳を傾けるべきだったんじゃないか。

声はまあ、そんなに悪くないと思う。「まひろおねえさんのこえがだいすきです。わたしもおおきくなったら、アナウンサーになります」なんてかわいいファンレターをもらったこともあり、今でも局であてがわれているデスクのビニールシートの下に挟んである。容姿はラインぎりぎりでたぶんフェア、見方によってはファウル、という程度だが、テレビメディアにこだわっているわけではないから、大きな失点ではない。失敗にめげないことはむしろ放送関係の仕事では必須の資質だ。トラブルのたび落ち込んでいては、生放送の現場には対応できないからだ。

しかるになぜ今回は、こんなにへこんでいるのだろう。局長に皮肉を言われるぐらい、いつものことだ。コーヒーでネクタイやシャツがよごれたのは気の毒だったし、男子トイレに乱入したのも悪かったけれど、向こうだってどうかと思う。何もあんなところで半裸になって洗い物しなくたっていいじゃないか。

……半裸。だったね。えーと。つまりあたしは昨日、それを目撃してしまったわけで……。

いや、これはやっぱり局長が悪い。絶対に悪い。そうだそうだ。

真尋は一人慌てて、豆乳をたっぷりいれたミルクティーを飲みほした。おなかがいっぱいになると、少し元気が出た。番組の準備もあるので、あまりのんびりしていられない。真尋は食卓を立った。

局に着くと、珍しく局長がいた。新規スポンサーの開拓やいつものスポンサーへの挨拶回りのため、昼間は局を留守にすることが多いのだ。本人いわく「コミュニティFM局長の仕事の八割は営業です」。この人物がにこやかに「営業」しているところはどうも想像しにくいのだが、ともあれ局長といえば局の奥に鎮座しているもの、という当初の真尋のイメージは覆されて久しい。今日は代わりに阿吽兄弟が留守だった。

「山斗君は、パソコンの調子が悪いので、ショップに相談に行っています。新規購入ということになると予算がきついので、何とかなだめてもらえるといいのですが。海斗君は地球の平和を守りに行きました」

妙に鋭いところのある局長は、真尋が問う前に説明した。海斗が「地球の平和」うんぬんとつまらぬ冗談を言って出かけるのは、まあ大概備品の買い出しのことだ。三人のスタッフはおおむね、局長が営業、機械類に強い山斗は技術面、事務仕事に長けている海斗が総務全般を分担している。

局長はちょうどポットからコーヒーを注ぐところだった。コーヒーの味にうるさい山斗が、いつも朝一番に淹れて保温しておくものだ。コーヒーは淹れたてに限る、という彼にはそのやり方は不本意らしいが、誰かが飲みたくなるたびに本格的に準備していては仕事にならないので、仕方がない。確かに、時間にゆとりがあってちゃんと淹れてくれるとき、豆をひいたりドリッパーに湯を落としたりする山斗の顔つきは、無口なだけにさながら求道者のよう。水は、銘水といわれる井戸から汲《く》んでペットボトルに詰めて持ってくるこだわりだ。昨日は局長がそれを盛大に噴いてしまったので、日ごろめったに自分からは口を利かない山斗が「俺の淹れたコーヒーが、半杯分ぐらいはトイレの手洗い場に流された」とこぼしていた。まるで真尋が悪いみたいに。真尋が悪いのだが。

「あの……昨日はすみませんでした」

昨日も謝ったのだが、日が変わったから完全リセットというのも気が引けて、改めてそう言った。局長はにこりともせずに応じた。

「君の結婚式に招待されたら、余興に『別れても好きな人』を歌ってあげますよ」

なんだか、むかあっ。

「局長を結婚式に招待なんか、しませんから」

「ああ、そうですか。見ていなければ、新婦がバージンロードでつまずいて転ばないか心配せずに済むから、気が楽です」

「心配くらい、してくれてもいいじゃないですか」

「潮ノ道ケーブルテレビで生中継でもするんですか？」

真尋はさらにむかむかしながらデスクについた。向かいのデスクの局長はコーヒーカップを口に運んでいる。その様子だけ見れば実に優雅で上品で、ああもう、いろいろ惜しい人だ。

この人物の前歴は、よくわからない。前局長が体を壊し、もう年でもあったので引退を決めたときに探してきた後任ということだ。三年前のことだから、当時の事情は真尋にはわからない。それ以前はどうも潮ノ道にはいなかったようで、この英国紳士のような雰囲気は、着任当初、この商店街でさぞや浮いていたことだろう（今もだ）。それまでもどこかで職に就くなり何かの社会活動はしていただろうけれど、そのあたりは聞いたことがない。まさかそのときいきなりこの世に降ってわいたわけではあるまいし、それが証拠に、「バツイチ」なのだということはかろうじて聞いている。いったいどんな女性が、この人物とどんな結婚生活を送っていたのだろうか。気になる。

「……大体、結婚式で『別れても好きな人』なんて、不吉じゃないですか」

真尋はそう言いながらノートパソコンを起動し、ＦＭ潮ノ道局発のブログを書くことにした。局に着くとすぐ、昨日あったあれこれをアップするのが習慣だ。さて、『別れても好きな人』をデュエットした件、弁解しておくべきか、なかったことにしたほうがいいか。

「僕に『てんとう虫のサンバ』を歌えとでも？」

「それはそれで嫌です。……いえ、そうじゃなくて。……もしかして、実感なんですか」

ノートパソコン越しにお向かいを見ると、局長はさすがに呆《あき》れたように眉をひそめていた。

「君はさっきから、一体何が言いたいんですか」

「自分でもわかりません」

真尋は堂々と言い放ち、キーボードが壊れそうな勢いでかたかた打ち始めた。

その日の放送にはゲストコーナーはなかった。エンディングテーマを流し、ほっと一息ついて外を見た真尋は、局の入り口のところで双子の片割れ——口がよく動いているので、多分海斗——が、三十歳くらいの見知らぬ男性とやり取りしていることに気づいた。体格がよく、ここから見ていてもごつい雰囲気の人物だ。真剣な表情で、単なる挨拶や業務連絡に立ち寄ったようには見えない。客はやがて、がっちりした肩を落として帰っていった。一体なんだったのだろう。一瞬見えた切なげな表情は、大人の顔には日ごろなかなか見かけない、しかもあの人物のいかつい雰囲気には不似合いに見えるもので、理由がわからないだけに気になった。

スタジオの片づけを終えて真尋が二階にあがると、三人は応接セットのテーブルに名刺を置き、それを囲んで座っていた。深刻というほどではないが、軽くとまどったような雰囲気だ。

「今の人、何か用事だったんですか？」

声をかけて輪に加わった。

「ああ、お疲れ様。昨日の『黄昏飛行』のことなのですが」

局長の言葉に続き、「『別れても好きな人』のことじゃないから」と海斗がいらぬフォローを入れる。

「リスナーからのお便りを紹介したでしょう。それがどうも、長いこと消息の分からなかった知り合いみたいだと」

そういえばあのお便りには、ずいぶん久しぶりに潮ノ道に戻ってきたと書かれていた。

海斗が説明の続きを引き取る。

「その人の旧姓が馬割だと書かれとったじゃろう。それほどようある名字じゃないし、年齢的にもぴったりだから、間違いないじゃろうって。ついては、どうしてもその人と連絡が取りたいけえ、連絡先を教えてくれと言うてんじゃけど」

「もちろん論外です」

局長が、判決を言い渡す裁判官のような口調で言った。当然だ。報道機関として、本人に断わりもなく連絡先を教えることなどできない。

「それに今回は、お便りのほうにも住所やなんか、書いてなかったけえね。こちらでもそもそもわからない。そう言うたら、向こうも無理だとはわかっていたみたいで、すぐ引きさがってくれた。がっかりはしとったみたいじゃけどね、その赤城《あかぎ》さん」

海斗が指差したテーブルの上の名刺には『赤城慶介《けいすけ》』と書かれていた。

「無理だろうと思いながら来てみるなんて、よほど会いたいんでしょうね」

山斗がいつものように黙ったまま渡してくれたコーヒーを飲みながら、真尋は名刺を手に取ってみた。肩書きは「デイケアセンター虹の園　理学療法士」とある。この商店街から北へ、車で十五分ばかりのところにある福祉施設にお勤めらしい。

「万一その旧姓・馬割さんと連絡がつくようなことがあったら、自分のことを知らせてほしいんじゃと。それで名刺を置いてった。さすがにそこまで断るのは酷じゃと思うたし」

海斗は局長のほうをちらっと見ながら言ったが、局長はそれについては特に苦情を述べなかった。

「ねえねえ局長」

「駄目です」

「せめて聞いてから却下してください。放送で呼びかけてみてはいけませんか。『旧姓・馬割美知さん、赤城慶介さんという名前に心当たりがあれば、虹の園までご一報を』って」

「聞く前からそんなことだと思ったから、却下したんです」

「どうしてですか。馬割さんに心当たりがあって会いたいと思えば連絡するでしょうし、嫌なら連絡しなければ済む。問題ないと思いますが」

「さっきの人物の身元の保証がありません。虹の園の名刺は見たことがありますから、偽造ではないようですが、本物の赤城さんの名刺を入手した何者かがその名を騙《かた》っている可能性は残ります。そのようないい加減な情報をもとに馬割さんから連絡があっても、虹の園としても迷惑でしょうし、思わぬトラブルが発生することも考えられます」

誰が。何のためにそんなことを。どんなトラブルが。と反論したいのはやまやまだったが、局長の意見はもっともだ。電波という翼に乗せて、個人ではとても無理なところまで広く言葉を届ける者には、それだけの責任が伴うのだ。

「この件は当面このままに。何か動きがあったら考えましょう」という局長の裁定には、海斗山斗と共にうなずいた真尋だったが、先ほどの「赤城」氏の切なげな顔が頭から離れなかった。


さて、どうしたものか。

翌日の土曜日、お昼が近いデイケアセンターの明るいエントランスを前に、真尋は腕組みして考えていた。

バスに乗ってここまで来てしまったが、あの人物が間違いなくここに勤める赤城慶介だということを、どうやったら確かめられるだろう。玄関前に張り込んで出入りの人の顔を見ているわけにもいかない。普通の病院のようなところなら自分が患者のふりをして診てもらうこともできるが、デイケアセンターでそれは無理がある。

『これしかないか……』

思いついた作戦について心の中で局長にお伺いを立ててみたが、脳内局長にあっさり却下されたので、聞かなかったことにした。

「FM潮ノ道の永瀬真尋と申します。理学療法士の赤城さんはいらっしゃいますか？」

真尋は局で作っている名刺を差し出してにこやかにそう聞いた。

「はい、ただ今仕事中ですが、お約束がおありですか？」

受付の若い女性が負けずににこやかに聞き返す。本当はアポなどないので、咳払いに紛らせてどっちつかずの返事をしておいてから、

「休憩時間に入って、手がおすきになってからで構いません」

FM潮ノ道の名前を出せば、多分取材か何かだと思って取り次いではもらえるだろう。昨日の「赤城」氏が本物の赤城さんであれば、アポがなくてもFM潮ノ道から来た人間には会ってみようと思うに違いない。大まかにそう考えての行動だった。もう午前十一時四十五分を過ぎているので、じきに昼休みになることは見越していた。

ロビーの椅子に座って待つことしばし、正午のチャイムが鳴ってすぐ、急ぎ足で奥か

ら出てきた人物の顔を見て、真尋は自分の作戦を後悔した。それは確かに昨日の「赤城」氏で、ごつい顔に似合わぬ「キラキラお目々」とでも形容したい表情で近づいてきたのだ。よほど期待させたのだなあ。そして、それほど旧姓・馬割さんに会いたいのであるなあ。

新しい情報があるわけではないと話すと、赤城さんのキラキラお目々は見るも気の毒に曇ったが、詳しいことを聞きたいという要請には喜んで応じてくれた。併設の食堂に場所を移して話すことにする。

食堂はレストランと呼んだ方がいいくらいにきれいで、気持ちのいいところだった。日替わり定食をもらって向かい合って座る。赤城さんは上下セパレートタイプの白衣姿で、たくましい体格はお年寄りを介助するのにうってつけだろう。

「番組はようお聞きしています。帰りの車の中でラジオをつけたら、ちょうど『黄昏飛行』の時間ということが多いんですよ」

さわらの西京焼きを気持ちのいいほど勢いよくほおばりながら、赤城さんはまずそんなことを言い、あとはこちらから無理に引き出す必要もなく話し始めた。

「あのお便りが彼女のものだと確信したのは、名前と年齢のほかに、職業のこともあったんです。今は看護師をしていると書かれていましたよね。彼女、小さいころからずっとナイチンゲールに憧れとって、将来はそういう仕事に就きたいと言ようりましたから」

食堂は混んでいるというほどではないが、そこそこに人がいる。スタッフの介助を受けながら、あるいは仲間同士でおしゃべりしながら食べているお年寄りたちもいるし、ご近所から食べに来ている人もいるらしい。周囲の耳をはばかってか、赤城さんは彼女の名前を出さないようにしているみたいだった。

「彼女とは同い年の幼なじみでした。よくからかっていた〈がんぼ〉というのは、僕のことじゃと思います。――彼女のうちは、潮ノ道ではそこそこの規模の工場を経営しておられました。それが気の毒なことに、彼女が高校を卒業するころ、工場がいけんようになってしもうた。なんでも親御さんが、借金の保証人になるのをどうしても断れんで、結果的にそれをかぶることになったのがきっかけのようです。家も土地も手放して何もかも整理して、彼女も決まっとった大学進学をやめて……。お父さんの親戚を頼って、一家で引っ越したと聞きました。心ならずもいくつか不義理をすることになっていたので、知り合いにもほとんど、詳しいことは知らせないままじゃったみたいです」

……ヘヴィな話だ。高校生ぐらいだと自分には何もできず、でももう事情はよくわかるだけに、一番しんどい年頃かもしれない。今は淡々と話しているが、それを見守るしかなかった赤城さんもさぞ歯がゆい思いをしただろう。もとよりこの流れなら、二人が当時もう、ただの幼なじみでなかっただろうことは想像がつく。はたして赤城さんはこう続けた。

「面目ない話ですが、ご協力をお願いした以上、正直にお話しします。本来なら彼女、僕にだけは連絡先を教えてくれたと思います。じゃけど、引っ越し間近なころになってひどいけんかをしてしもうて、教えてもらえずじまいになりました。今のように、高校生でも気軽に携帯を持てる時代ではなかったから、こちらからは連絡しようがない。僕の自宅はわかっとるんじゃけえ、彼女のほうからは連絡できたはずですが、気まずかったのかよほど怒りが治まらなかったのか、そのまんまです。結局、『けいちゃんとは絶交じゃ！』と言って走っていった後ろ姿が、彼女の最後の記憶なんですよ」

……「絶交」という響きがなんかこう、レトロで微笑《ほほえ》ましいのだが、当人にとってはそれどころではあるまい。それにしても一体、そんな大事なときにどうしてけんかを？

「ようわからんのです。最後に会ったとき、僕の言ったことが何か気に障《さわ》ったみたいなんですが、それほどひどいことを言ったつもりはない。確かあのときは、うちのことで彼女が落ち込んどった。それまで大きな家に住んでお嬢様暮らしだったのが、逃げるように知らない街に行って、しばらくは不安定な生活を強いられるじゃろうから、無理もない。じゃけえ懸命に慰めようとしてたんです。みっちゃんに責任があることじゃないし、恥ずかしく思う必要なんてない、言うて。じゃけど、何か言い方がまずかったんでしょう。ごらんの通りの無骨な人間じゃけえ。『けいちゃんに私の気持ちはわからん』って急に怒り出して、こっちも一方的に怒られると愉快じゃない。高校男子なんてただのガキですから。いらいらしてきつい言葉を返してしまう、あとはもう、よくある展開です。僕がもう少し大人じゃったら、違ったじゃろうと思います」

赤城さんはここまで話すうちに早くも食べ終えて、食後のお茶を飲みほした。なるほどね。仲違《なかたが》いの原因は結局よくわからないが、そんな形で想いを残したままだったら、消息をたどれそうな細い糸をつかもうとするのも無理はない。その後どうするつもりか、どうなるかはさておき。

「赤城さん、ご結婚は？」

「いやいやっ、なかなか縁がなくて。というより単にモテなくて。彼女のこととは関係ないですよ。たまたまというか」

「あちらの方は、配偶者と死別されたということでしたが」

「いやっ、そのことも関係はなくて。もっともご主人と幸せに暮らしょうてんなら、連絡を取るのは控えたかもしれませんが、それにつけこもうじゃことの、決して決して」

「このお仕事を選ばれたのも、彼女の影響で？」

「やっ、これは本当にただの偶然で、やりがいのある仕事だと思ったから」

両耳が真っ赤になっているところを見れば、大体わかります。真尋はいったん箸《はし》をおいた。

「赤城さん、提案があるんですが」

週明けの月曜日、局に着いてオフィスに上がると、局長が奥のデスクから声をかけてきた。

「永瀬さん、ちょっとそこに座りなさい」

真尋が応接セットのところで立ち止まると、局長がこちらに出てきた。海斗山斗はわれ関せずという顔をこしらえて、それぞれのデスクで仕事にいそしんでいるが、耳は好奇心満々でこちらに向いているに違いない。

「話があります」

「奇遇ですね。わたしもです。それではこちらから先に話しますが」

「……こういう場合、年上の者に譲りませんか」

「先にお話を聞いて、こちらが話しにくくなったらどうするんですか」

「………君はときどき、僕を絶句させるという稀有《けう》な能力を発揮しますね」

「自分でも大したものだと思います」

阿吽兄弟が揃《そろ》って噴き出した。

「それでですね」

「いいからまず聞きなさい。おそらく同じ件です」

真尋はさすがにあきらめ、ソファに座った。

「虹の園に取材に行ったそうですね？」

「どうしてそれを？」

「虹の園のセンター長に電話したら、受付の人から聞いたと言っていました。FMの番組内の新しいコーナーで取り上げてもらえるそうで、ありがたいと。いつの間にそういう話になったんですか？」

「多少の誤解はありますが、おおむね方向は違っていません。あそこで働いておられる理学療法士の方を、『黄昏飛行』のゲストコーナーにお呼びして話してもらうことにしたんです。お話のテーマは『さまざまなお仕事』にしようと思っています。わたしがお話ししようとしていたのがそのことです。その人が赤城慶介さんだっていうことは、些《さ》細《さい》な問題だと思います」

受付の人からこんなに早く話が露見したのはやや誤算だった。でも職務範囲を逸脱するようなことはしていない。番組ゲストコーナー出演者を確保するのはそれなりに大変で（何しろFM潮ノ道の予算規模では、ギャラなど出せないから）、局長が連れてくることもあるが、番組担当のパーソナリティーが見つけて紹介することも多いのだ。さあどうだ、と局長を見すえると、向こうはわざとらしくため息をついた。

「いいでしょう。何か期するものがあるようですが、通常のゲストコーナーの内容に沿ったものなら問題はありません」

「大丈夫です。わたしが責任を持ちます」

そううなずいてから真尋は、ちょっとだけ感慨に浸った。小さい放送局とはいえ、番組内容に責任を持つだなんて言えるようになったんだなあ、自分。局長は何か言いたげだったが、「外回りの時間ですから」と出かけていった。

真尋は海斗に尋ねた。

「局長、なんで虹の園に電話したんだろ。聞いてる？」

「赤城さんについて、誰かが名前を騙ったりしていないか確認しようと思うたみたいじゃ。顔には出さんけど気になっとったんじゃな」

「へえ。堅物のくせに粋《いき》なことやるね」

双子はまた、揃って噴き出した。

翌日、早速ゲストコーナー出演のためにやってきた赤城さんはガチガチに緊張していた。映像は映らないのだからどんな格好でもいいのに、お仕事着である白衣着用で来たものだ。

「それではゲストコーナーです。今日は『知っていそうで知らないお仕事』をテーマにお送りする第一弾、デイケアセンター虹の園の理学療法士、赤城慶介さんです。赤城さん、こんばんは」

「こんばんはっ」

赤城さんの声が完全に裏返った。

とはいえ短い時間ではあるが、赤城さんは「虹の園」での自分の仕事について熱心に語ってくれた。これなら出演を依頼した真尋の面目も立つというものだ。ナイチンゲールに憧れていた友達の影響を受けて、という例の話もしていた。

「ナイチンゲールは、クリミア戦争で大勢の人を助けたかわりに自分の健康を害してしもうて、その後はずっと病気がちだったそうです。お前はそんなことになるなよ、といいつも言ってくれていました。そんな話も、いきさつを知っているとなかなかに泣けるものがあるではないか。

「それではこの辺で、最後に一言お願いします」

打ち合わせのときは、『一般の方もご利用になれる食堂があるので、ぜひ一度「虹の園」を覗いてみてください』といった言葉で適当に話をまとめようと言っていた。要は、いつも番組を聞いているという旧姓・馬割さんに、〈赤城慶介さんはあなたのことをよく覚えている、コンタクトを取るつもりがあればデイケアセンター虹の園にいる〉ということを伝えようという作戦だったのだ。

ところが、赤城さんはぐっと息を吸い込んだかと思うと、マイクをつかんで「みっちゃん！」と叫んだ。

「みっちゃん、昔のことは、俺が鈍かったんじゃと思う。お互い回り道してしもうたけど、もしもう一度やり直す気持ちがあったら、連絡をくれ！」

「黄昏飛行」は生放送番組である。赤城さんの叫びは電波という翼に乗って、あっという間に潮ノ道の果てまで飛んで行ってしまった。

その後どうやって番組をしめくくったのか、よく覚えていない。習慣とは恐ろしいもので、気づいてみるとちゃんとエンディングテーマが流れる中、マイクカフを切っていた。赤城さんとはかわす言葉も見つからず、彼は逃げるようにスタジオを後にした。潮ノ道商店街には、「黄昏飛行」を店で聞いている人も多いのだが、どんな顔をしてそこを通って行ったのだろう。

真尋がしおれかえってオフィスに上がってみると、応接セットのソファに局長が足を組んで座っていた。気まずくなるのを恐れてか、単に用事があったのか、海斗山斗は姿を消している。

「申し訳ありません。こんなことになるとは思いませんでした。わたしの責任です」

弁解の言葉が見つからず、うつむいてそれだけ言った。これまでの数々の失策のように、単なる不注意の問題ではない。自分が強引に企てたことで迷惑をかけてしまったのだから。

「いいからそこへ座りなさい」

と局長は言った。心の底から座りたくなかったが、仕方なく向かいのソファに腰を下ろした。

「この間も言おうかと思いましたが、責任の取り方もわからないうちに、自分の責任をうんぬんするものではありませんよ」

真尋はいよいようつむいた。

「ただし、今回のことはそれほど気に病む必要はないでしょう。ゲストの失言はよくあることですし、誰かを傷つけるような問題発言だったわけではない。はっきりした固有名詞は出ませんでしたから、呼びかけられた人にもそれほど迷惑はかからないでしょう。

公開プロポーズみたいな形になりましたから、中には眉をひそめる人もいるでしょうが、多くのリスナーは微笑ましいと許容してくれるのではないでしょうか。苦情の電話が来たときだけ、謝っておけばいいことです」

「……局長、今日は男前ですね」

「そういうことは、顔を上げていいなさい」

局長は苦笑したようだった。そのとき、オフィスに電話の鳴る音が響いた。すわ苦情の電話かっ、と思ったが、着信音と共に入ってきたのはファックスだった。印字が終わるまでのややぎこちない時間を我慢して待ってから、真尋は立ち上がった。

『FM潮ノ道気付　このファックスは、今日の「黄昏飛行」にゲストとして出演された赤城さんにお渡しください』

そんな前置きに続いて、こんな文章が印刷されていた。いつかの葉書よりやや乱れた筆跡だ。

『お久しぶりです。元気そうでよかった。そうして、あの頃よく話していたナイチンゲールのことも、覚えていてくれて嬉しかった。だけどあなたは相変わらずですね、良くも悪くも。あの頃と同じように、私の気持ちを少しもわかっていないみたいです。私はあの頃とは名字も変わっています。「まわりみち」は、今はいません。いいですか、まわりみちなんて、ないのです。わかってもらえるでしょうか。わからなくても、あなたを責める気はありません。私は今の名字で潮ノ道で看護師の仕事をしていることに、縁のようなものを感じています。ただそのことを伝えたかったのです』

途中でぶつりと断ち切ったような文章だったけれど、最後にmichiと署名があった。

真尋は応接セットのところに戻り、ファックス用紙を局長の前に置いた。入れ替わりに立ち上がった局長は、デスクからティッシュボックスを持ってきて真尋の前に置き、それから階段を下りていった。しばらくして戻ってきたところを見ると、何やらやたら高そうなワインの瓶を持っている。そうして一人で動き回って、ワインのコルクを抜き、グラスを並べ、これまた高級そうなカマンベールチーズを盛った皿まで用意した。ワイングラスやワインオープナーまで備品の中にあったとは知らなかった。それにしても慰めようとしてくれているんだろうけど、なんだか微妙にずれているよなあ。

「どうして君が泣くんですか」

そういって瓶を傾けるのを、真尋はびー、と洟《はな》をかんでおいてからグラスで受け、

「わたしがどうして放送の仕事をやりたいと思ったか、お話ししましたっけ」

と聞き返した。

「いえ、記憶にありません」

「……中学生の頃、ひどく落ち込んだことがありました。冬の夜中に自分の部屋で、世界で一番不幸な人間になったような気になって、一人凍えていたんです。そうしたら、特に聴く気もなくつけていたラジオから、すごく温かくてきれいな声が聞こえてきました。内容は特別なことではなくて、女性パーソナリティーが淡々と、日々の暮らしの中

であったことを話しているだけでした。でも、耳や頭じゃなくて、全身がその温かさにくるみこまれた気がして、すっかりぬくもって——。その番組名が『夜間飛行』でした。高い空を飛んでいた飛行機が、不意に大きな鳥に姿を変えてさっと舞い降りて来て、その翼にわたしを包んでくれたみたいでした。その日からです。自分もこんなふうに、一人で凍えている人のところに温かい声を届ける仕事がしたいと思うようになったのは」

「そんなにひどく、何を落ち込んでいたんですか」

「それはまるきり覚えていないところが、中学生らしいところです」

「君らしいところです。……担当番組名を決めるときに、『黄昏飛行』を提案したのもそのせいですか」

「はい。そうしたら局長、いい名だと言ってくださって。『僕たちの仕事は、電波という翼に乗せて、個人ではとても無理なところまで広く言葉を届けることです。そういう翼を担う者にはそれだけの責任が伴うことを忘れないためにも、いい番組名です』って。嬉しかったんです。偶然とはいえ、わたしが思っていたのと同じ、『翼』というたとえが出たから」

局長はややたじろいだように見えた。

「僕が、そんなことを言いましたか」

「それから、テレビでは視聴者に『皆さん』と呼びかけるけれど、ラジオではなるべく避けなさいとも。ラジオはリスナー一人一人に、『あなた』と語りかけるメディアだからって。わたしが中学時代に感じたこととぴったりで、そのこともすごく嬉しかった」

「僕が、そんなことを言ったんですね」

「新人歓迎会のときに」

このひとが自他ともに認める唯一の弱点が、あまり酒に強くなく、酔うと速やかに記憶をなくすことだ。傍目《はため》にはまったく酔っているとは見えないほど端然と飲んでいたのに、翌日まるっきり覚えていないことが何度かあった。

「だけど、わたしでは全然力不足で、いつも失敗ばかりで、声だけで人を力づけることなんてとうていできません。だから、もっと違ったやり方で誰かの役に立てないかと思って――。でも結局、今回もこんな結果になって――」

「勝手に取材に行ったりコーナーのテーマを新設したりの暴走は、それが原因ですか。なるほど」

局長はワイングラスを揺らしながら、遠慮なくちくちくちく突き刺してくる。ファックスの走り書きの文章は意味が分からないところも多かったが、『まわりみち』は、今はいません」という言葉は、昔の恋人（たぶん）である赤城さんとの縁を断ち切り、もう自分のことに構ってくれるな、と宣言するためのものとしか思えなかった。自分が動いたせいで、もしかすると戻る希望があった二人の仲を、決定的に壊してしまったような気がしてくる。真尋はもう一度洟をかんだ。

「わたし、やっぱり放送の仕事に向いていないでしょうか」

「向いていませんね、確かに。もし僕が中学生のころの君に会って、アナウンサーやパーソナリティーになりたいという希望を聞いていたら、言葉を尽くして止めたと思います。……でも同時に、この僕がどう説得しても君を止めることはできなかっただろうと確信もしています。今まで人の説得に失敗したことなどないのですが」

「それは、みんなただ面倒になるからでは」

「べそをかきながらつまらない茶々を入れないように。せっかく褒めているんですから」

褒めてるかなあ。

「それはともかく、仮に、仮にですよ、君にこの先、これが天職だと思える仕事が見つかったとします。その職に就いたとき、このFM潮ノ道で働いていたことを、無駄だったと思いますか？」

「いいえ」

「それでは、回り道をしてしまったと思うでしょうか」

これには少し考えて、やはり首を振った。

「そのときになってみないとわかりません。今とは違う別の仕事に、一日でも早く就きたかったという気持ちが生まれるなんて、まだ想像できませんから。だけどそうなっても、ここでの日々を『回り道』だったなんて思いたくないんです。今わたしが通っているのは、ゴールに至るまでのただのルートなんかじゃなく、それだけで歩むべき価値のある、かけがえのない道だと思いたい」

海斗のつまらないジョークも山斗のおいしいコーヒーも、そして局長の皮肉や小言も含めて、真尋はＦＭ潮ノ道が好きなのだ。自分はあまり役に立ってないとしても。

「この女性も、そうなのだと思いますよ」

局長は話を急に戻し、ファックス用紙を人差し指でとんとんと叩《たた》いた。

「赤城さんは好人物ですね。実に悪気のない、まっすぐな性格の人です。そしてそういう人にありがちな、自分の視点でしか物事を見られないという欠点を持っている。『お互い回り道をした』というさっきの言葉で、自分はともかく、彼女が過ごしてきた日々まで否定してしまったことに気づいていないのでしょう。彼女は彼女で、結婚や夫との死別など、山あり谷あり、でもかけがえのない人生を懸命に歩んできたのに、そのことには思いを致さない。彼女も、赤城さんのそういう単純なところが愛すべき魅力でもあると、わかってはいるのでしょう。けれどそのまま受け入れることはできない。そんな気持ちが、『まわりみちなんて、ない』という文章になったのでしょう」

ふっとそのとき、二人の過去の仲違いの原因が分かった気がした。たぶん、似たようなことだったのだ。高校の頃、家族が借金を背負って貧しくなったことを恥ずかしく思う必要なんてない、と赤城さんは美知さんを励まそうとした。だけどそう言われたことで、赤城さんの心の中に、自分でも気づかない〈貧しくなったのは恥ずかしく思うようなこと〉という思い込みがあると、美知さんは敏感に感じ取ってしまったんじゃないか。だから、「あなたは相変わらずですね、良くも悪くも」と書いたのではないか。

「ですが、彼女が本当に赤城さんと決別することを望んでいるなら、こんなややこしい表現で、しかも局にファックスを送ってくる必要などありません。ご実家宛てか虹の園気付で郵便でも送れば済むことです。彼女としても自分の気持ちが整理しきれないのだと思いますが、何人かの目に触れれば、その中には自分の混乱した思いに気づいて、赤城さんに伝えてくれる人がいるかもしれないと思ったのかもしれません。今頃後悔していそうですけれどね」

確かに美知さんとしては、あとで思い出して、恥ずかしさのあまりそのへんを駆け回りたくなるような行動だったかも。

「そもそも彼女は最初のお便りのときから、自分について気づいてもらえるかどうか賭《か》けるように、わざと曖昧な書き方をしていたようです」

局長は今度は、ファックス用紙の一点を指した。

「〈私は今の名字で潮ノ道で看護師の仕事をしていることに、縁のようなものを感じています〉この一文は、確か同じような内容が前の葉書にも書かれていたはず。放送のときは省略したので、あえてもう一度書いてきたのでしょう。赤城さんが気づけば、今の彼女につなぎをつける大きなヒントになります。そうしたら、ここから二人で新たに始められるかどうか考えてもいいと思っているのかもしれません。そんな小さな賭けを、彼女は電波という翼に託してみたのでしょう」

「ヒントって……一体どんな？」

「知りませんか？　この二人の思い出に登場するナイチンゲール、おそらく世界で最も有名な看護師の、ファーストネームを」

「フローレンスでしたっけ」

「ええ、フィレンツェの英語での呼び方です。彼女がフィレンツェで生まれたので、そう名付けられたそうですよ」

局長は、空になった二つのグラスに赤ワインを注いだ。表面張力でぎりぎりこぼれずにすんだくらい、なみなみと。酔っていなければあり得ない。

「局長、バツイチでしたよね」

「今どきの言葉は好きではありませんが、離婚経験があるかという意味なら、Ｙｅｓです」

「もしも近い将来、伴侶を得て幸せな再婚ができたとして……前の結婚のことは、回り道だったと思いますか？」

「Ｎｏです。離婚したのだから、前の妻との間には惨憺《さんたん》たる思い出のほうが多いですが、回り道だったなどというのは、彼女の人生に対して失礼な気がします。彼女なりに懸命だったのですから」

「それについては同感です。でも」

真尋はワインをこぼさないよう苦労してグラスを持ち上げると、一口飲んでから、

「『別れても好きな人』というわけじゃ、ないですよね」

「それは百パーセント、ありません」

「本当に未練はないんですね」

「くどいですよ。何故そんなことが気になるんですか」

「それならあたしとの結婚式で、『別れても好きな人』、歌わないでくださいね」

「僕は君の結婚式に招待されないのでは……誰の、誰との結婚式ですって？」

局長はあくまで端然とした姿勢を崩さないまま固まった。FM潮ノ道のオフィスは、商店街の真ん中とは思えないくらい静かで、ここだけ切り離されて夜空を飛行しているような錯覚を覚えた。

でも数瞬ののち、

「ただいま〜」

海斗の能天気な声が下から聞こえてきた。われに返った真尋は、バッグをつかんで階段を駆け下りた。入り口のところで阿吽兄弟と出くわした。

「地球の平和を守ってきたの？」

「うん。あれ、酒のにおい。いいな」

「よかったらワインとチーズ、まだ残ってるから。山斗君、局長に酔い覚ましのコーヒーを淹れてあげて」

山斗は黙って「ＯＫ」のサインを出す。

「真尋さんはもう帰るの」

尋ねる海斗に「あたしは、その辺を駆け回りながら帰る」と答え、真尋は局を飛び出した。

翌日真尋は、動くたびに関節がぎっくしゃっくと鳴るような気分で、でもいつも通りの時間に局にやってきた。番組準備に入る前に軽い打ち合わせをしたが、局長も（海斗も）いつも通りだ。特に注意すべきこともなく、スタジオに入るため席を立ちながら、真尋はできるだけさりげなく聞いた。

「昨日、番組終了後に届いたファックスの件なんですけど――」

「ああ、あれは僕の方から赤城さんに伝えておきましょう。同性からの方が、微妙なニュアンスがうまく伝わりそうな気がします」

局長は読んでいた資料から目を離さずに答えた。

「お願いします」

赤城さんにはどう説明すればいいかと悩んでいたので、そのことについてはありがたい申し出だった。もう一つについては、聞く勇気が出ないまま階段のほうに向かおうとすると、局長がやや困ったような声をかけてきた。

「あの後、何かひどく重要なことを君から聞いた気がするのですが……。心当たりはありますか」

……やっぱり酔ってたんだ。

「夢です。夢に違いありません」

がっかり半分、安堵半分の内心は色にも出さず、真尋は朗らかに答えた。

真尋はもう一度、自分の周囲を見回した。機械の左上部に突き出たランプが赤く点灯した。ヘッドフォンから軽快なジャズ調のメロディーが流れてくる。

「こんにちは。五月十二日水曜日、午後五時になりました。『黄昏飛行』の時間です。今日はかの有名なナイチンゲールの誕生日なので、『看護の日』になっているそうですよ。ところでナイチンゲールのファーストネーム、フローレンスというのは、フィレンツェの町の英語での呼び方です。ナイチンゲールはここで生まれたのでそう名付けられたのですって。さて、最初のコーナーは……」

潮ノ道のどこかにいる、「しおの美知」さん、聞いていますか？

生まれた町と同じ名の、世界で最も有名な看護師。結婚によって姓が変わり、偶然にも故郷と同じ名前になった美知さんは、その故郷で看護師として働くようになったことを〈縁〉だと思ったのでしょうね。その名字をずっと使い続けるのか、いずれは元の名に戻すのか、それともまた違う名字にすることもあるのか……。そして二人の今後がどうなるか、あたしたちにはまったくわかりませんが、「あなた」の、そして聞く人すべての幸せを祈る気持ちを、電波の翼に乗せて届けます。

今日も無事テイクオフ。二時間の黄昏飛行《トワイライト・フライト》が始まった。

JASRAC出2303950-301

黄昏《たそがれ》飛行　涙の理由

「それではイベントのお知らせです。今年も始まります、『潮《しお》ノ道《みち》・隠れた名画展@持《じ》福《ふく》寺《じ》！』」

FM潮ノ道の夕方五時からのオリジナル番組、「黄昏《たそがれ》飛行」の進行もちょうど半ば。地域のイベントのお知らせコーナーである。パーソナリティーの永瀬《ながせ》真《ま》尋《ひろ》は主催者から届いたフライヤーを確かめた。

「第三回となる今年、会期は八月十五日から三十一日まで。時間は午前十一時から午後五時まで。大忙しのお盆のあれこれが一段落した持福寺本堂にて、潮ノ道に伝わっている美人画の数々の展示が行われます。画題は恒例、この季節にふさわしく『幽霊』。この『潮ノ道・隠れた名画展』で展示される絵は、とてもきれいな女性の幽霊画ばかりです。そういえば、お岩様にお菊様、怪談に登場する幽霊は女性が多いですね。昔から女性は執念深いとされていたからでしょうか。昔は今より女性が虐げられることが多く、誰にも訴えられないまま泣き寝入り、死に損になることが多かったので、幽霊になっても不思議はないと思われたからかもしれません。だから幽霊画の中には、恨みを呑んだ怖い形相の絵もたくさんありますが、そうやって哀しい最期を遂げたひとたちだからこそ美しく描いてあげたい……という心遣いか、とても美しい絵も多いのです。この『潮ノ道・隠れた名画展』に展示される絵も、美人画ばかりです。潮ノ道の土地柄なのか、主催の持福寺さんのご趣味かはわかりませんが」

持福寺住職・了斎《りようさい》の、「こりゃ何を言う!」というキンキン声を思い浮かべつつ、真尋は話し続けた。

「そういえばうちの、FM潮ノ道の局長は、ご存知の方も多いと思いますがいつも澄ました顔をしているおじさんです。ところがこの名画展の中に、たいそう気に入っている絵があるようです。去年もおとといもこの名画展を見に行って、ある絵を長いことうっとりと眺めていたようです。『初恋』という題の、若くてきれいな女の子を描いた絵なんです。意外に可愛いところもありますね」

無事に今日の放送を終えて、二階のオフィスに上がっていくと、スタッフの一人、西《さい》条山斗《じようやまと》がいつものようにコーヒーを淹《い》れてくれていた。自他ともに認める「コーヒーに青春を賭ける男」である山斗の淹れるコーヒーは、その辺のカフェで呑むコーヒーよりはるかに美味《おい》しい。そのうち、独立してカフェを開くと言い出しても驚かないな。

スタッフがくつろぐときにも使っている応接セットのソファに座って、ほっと一口味わおうとして、真尋はふと不穏なものを感じて手を止めた。何やら恨めしそうなオーラのようなものが押し寄せてくる。まさか幽霊画展の紹介をした祟《たた》りか。と思ったら、もうちょっと怖いものが目の前におられた。

「君も小なりとはいえ報道機関に属する人間なのですから、もう少し正確な情報発信を心がけてもらいたいものです」

ＦＭ潮ノ道の局長様である。年齢は三十代半ば、いつも仕立てのいいスーツを着て、英国紳士のごとく毅然《きぜん》端然とした姿勢を崩さない。

「僕がいつ、美人画に見とれてうっとりしていたと？」

「去年、この名画展を一緒に見たじゃありませんか。そのときに。……了斎さんも同じことをおっしゃっていました。あいつはいつも鉄仮面みたいに澄ました顔をしているが、美人画に見とれるような娑婆《しゃば》っけがあるなら安心だって」

真尋がにこやかに答えると、局長は『あのおっさんは』とでも言いたげに口を曲げた。紳士だから実際には言わなかったが。

「ねえ局長、美人画に見とれてうっとりしていたって、ちっとも悪いことじゃありません。むしろ日ごろ希薄な人間味が感じられて、いいと思います」

「君が僕という人間をどうとらえているのか、時々不安になりますよ」

「局長はいつも落ち着いておられるから、焦ったり困ったりすることってあるんだろうかとは思っています」

「確かに焦ったり困ったりについては、君ほどの達人ではありませんね。社会人になってもう十年以上ですから」

「あたしは、もう十年経っても同じように毎日焦ったり困ったりしている自信がありま す」

「それは同感ですが、『FM潮ノ道』のためにも少しは進歩してください」

「あ、あたしこのまま、ここで十年勤めていいんですか？」

「ここが存亡の危機に陥るような失敗を、君がやらかせば別ですが」

「まさか、局が存亡の危機に陥るような失敗なんてやるわけないでしょう」

「放送後にマイクを切り忘れてゲストと雑談していて、絶対に誰にも言ってはいけない話題をしゃべってしまって潮ノ道中に届いたりしたら」

マイクの切り忘れは、勤め始めて最初の年には何度かやらかした。絶対誰にも言ってはいけないような重要なネタは持っていないので大ごとにはならなかったが、そのたびにリスナーから「真尋さんのおしゃべりが放送に入っていますよ」と何件も電話やファックスやメールが届いた。

「最近はさすがにそこまでのことはやりません」

焦ったり困ったりは日常茶飯事だが。

さて、瀬戸内海に面するここ、潮ノ道は決して大きな町ではないが、そこそこ人気のある観光地である。全国的にも知名度が高く、「住んでみたい町」といったアンケートではかなり上位にランクインする町だ。海に沿って山がすぐ迫り、平野部の少ない土地なので、山の斜面に積み重なるように家が並んだ立体迷路のような街並みで有名で、住民の目から見ても風情のある場所だ。

江戸時代には瀬戸内でも有数の良港を擁する町として、西日本の北前船《きたまえぶね》海運の中心だったという。当時は大変な賑《にぎ》わいで、二千人収容可能な常設の芝居小屋があったというのだから、半端ではない。東京で小劇場演劇の活動をしている真尋の友人によれば、現代日本の都会であっても、二千人収容の芝居小屋を維持するなどとんでもない難行なのだそうだ。名高い帝国劇場で席数千八百くらい、宝塚劇場クラスでようやく二千オーバーと言っていたかな。というわけで、そのころの潮ノ道が大都市であったことは間違いない。海運で財をなした豪商が軒を連ねていたということだ。

そんな豪商の末裔《まつえい》と伝えられる旧家が今でも、潮ノ道にいくつもある。風格ある屋敷に住んでいる人たちも、ごく普通のうちに住んでいる人たちもいるが、総じて静かに暮らしていらっしゃる。さすがに当時の店がそのままの形で営業しているところは、真尋の知る限りでは、無い。そもそも北前船がもう運航していないし。当時の豪商が、維新後に何か別の会社を興して今に続いている例はあるらしいが。

ともあれ、豪商だった先祖が収集していた書画骨董《こっとう》などのいわゆる「おたから」を引き継いでいるうちは結構あるらしい。潮ノ道では昔から「金を稼ぐだけでは一人前ではない」と言われていて、豪商はしばしば社会事業に私財を投じたり、文化活動に励んだりしていたのだと、潮ノ道の偉い人たちは誇らしげに語る。当時一流の文化人たちが、潮ノ道の豪商の招きに応じてこの町を訪れ、文化サロン的な場が活況を呈していて、潮ノ道は文化面でも西日本有数の町だったそうだ。

ＦＭ潮ノ道でパーソナリティーとして働くようになってから、ゲストとして来てもらう企業人や文化人と接する機会が増えて、潮ノ道の歴史に詳しくなってしまった。真尋も生粋の潮ノ道っ子だが、潮ノ道人の郷土愛の深さには時々驚いたり呆れたりする。町をぶらぶら散歩していると、観光客と間違えてか「お嬢さん、妙香寺《みょうこうじ》へはもう行った？今行ったらしだれ桜がきれいに咲いとるよ」などと観光案内してくれるおじさんやおばさんとよく出くわすのだ。

さてそんなわけで、豪商の末裔のうちには、貴重な書画骨董が結構眠っているらしい。騒がれたくないからか、税金などの事情があるのか、そういったうちではあまり詳しいことはオープンにしていなかったりする。

ここに、持福寺という古刹の住職、了斎という人物が登場する。一言で言うなら「物好き」な坊さんである。驚くほどの顔の広さ、人脈を誇る人物だ。ちんまりと小柄でしわだらけの顔は、スター・ウォーズでおなじみのヨーダそっくりである。番組によくゲスト出演してくれるので、すっかり顔なじみになってしまった。この坊さんは、いにしえの豪商よろしく潮ノ道の文化を盛り上げたいと、様々な文化人やアーティストを潮ノ道に呼んでは、演劇公演やコンサートなどのイベントを主催している。そしてよそから呼んでくるだけでなく、この町にあるものを掘り起こしたいとも思い立ったらしい。あちこちに眠っている書画骨董をそうっと起こして、虫干しも兼ねて市民に見てもらう機会をつくってはどうか、と。

特に、江戸時代のある時期、豪商たちが絵師に依頼して幽霊画を描いてもらうことが流行《はや》ったらしいと聞きつけて、がぜんその気になった。幽霊だのお化けだのが大好物なお坊さんなのだ。ところで、幽霊画だなんて縁起でもないと一般には思われそうだが、実のところ幽霊画は縁起がいいものとされる。ことに客商売では、店に幽霊画を飾っておくと客を呼ぶとされるそうだ。だから、豪商たちが競って幽霊画を描かせたとしても不思議はないのだ。

了斎は早速、市内の人脈を駆使してあちこちに「あんたのうちに、幽霊画が伝わっておらんか」と声をかけた。そうしたら結構反応があったらしい。潮ノ道・闇のネットワーク（なんだそれは）を通じて『幽霊画、あるであるである』という情報が了斎のもとに集まった。中には「本物」もいくつかあったそうだ。趣味として絵師に描かせたというようなものでなく、でどころも一般家庭ではなく、潮ノ道にたくさんある寺のどこかだったようだ。どの寺にあったかは、さすがに真尋には教えてくれなかったが、持福寺にあったのではないという。

「多分、祟りか障りがあるというので供養のために寺に納められたんじゃないかのう」

「ああ、そういう意味の『本物』……。了斎さんより真面目なご住職様のいらっしゃるお寺に？」

「こりゃ、失礼なことを言うな。こう見えてもわしは、業界では有名なんじゃぞ。祟りをおさめるなら持福寺の了斎に頼めと言われておる」

「嘘《うそ》でしょ」

「嘘じゃ。……なんにしても現代の話じゃあない。ずいぶん古い絵のようじゃった。一応見せてはもろうたが、展示して人に見せるような性質のもんじゃあなかった。門外不出にしてくれと頼んでおいた」

　潮ノ道のあちこちの寺に外に出せないような幽霊画が存在しているということで、少々薄気味悪い話ではあるが、門外不出なら実害はないか。ともあれ、了斎が掘り起こしたかったのはそんな物騒な絵ではなく、幽霊ではあっても美しく、見ていて楽しい絵である。了斎は集まった情報に基づいて、絵を所蔵していると言われるうちをめぐって実際に見せてもらったらしい。情報が間違っていて、そんな絵はないと言われたこともあるそうだが、そこそこの数の幽霊美人画の所在が明らかになった。さすがに全国的に有名な大家の名画までは見つからなかったらしいが、郷土の画家が描いたと言われていたのに所在不明になっていた絵など、郷土史にとっても意味のある発見があったそうだ。

　これまで隠れていた名画を潮ノ道のみんなに見てもらいたいと、了斎は展示会を企画した。快く貸してもらえた（多くは、「うちにあることはナイショにしてくれ」と念を押されつつだが）絵が、掛け軸や色紙など様々な形で二十数枚。持福寺本堂で展示するには十分な数となり、「第一回潮ノ道・隠れた名画展」が開催されたのが一昨年のことだ。そのとき真尋はまだ関東で学生生活を送っており、就活真っ最中のころだったから、どんな様子だったかはよく知らない（結局全国の放送局を片端から受けて片端から落ち、昨春、故郷である潮ノ道に戻ってきて、父の知り合いの紹介というコネもあってＦＭ潮ノ道に契約社員として潜り込んで、パーソナリティーとして働いている）。「隠れた名画展」は好評だったのか、了斎のブルドーザーのごとき推進力のおかげか恒例となったようで、昨年も今年も、夏のこの時期に開催することとなった。名画展を見て「うちにもありますよ」と申し出てくれた人もあったらしく、展示する絵も少しずつ増えているということだ。

昨年夏の第二回の開催ももちろん「黄昏飛行」でアナウンスした。了斎自らがゲスト出演して滔々《とうとう》と語ってくれた。スタッフ全員にと招待券まで置いてくれて、しかもスタジオから持福寺までは徒歩五分の近さなのだから、行かない理由を探すほうが難しい。だから真尋は昨年、この展示会をオープン直後に見に行った。その時のことを思い出してみる。

担当番組が夕方からだから、昼下がり、出勤前に持福寺に寄ってみたら、偶然局長も来ていた。外回りの途中に立ち寄ったのだろう。コミュニティＦＭ局長の仕事の八割は得意先への営業活動だということだ。

平日の午後だったので他に客はなく、本堂には局長ひとりきりだった。一枚の絵の前にたたずんでいる様子がなぜか、いつもクールなこの人と違う気がした。ＦＭ潮ノ道で勤め始めて四か月が過ぎたところで、この人のちょっと不思議な存在感にもようやく慣れてきていた。かなり端正な美形で、その英国紳士のような端然ぶりは潮ノ道ではちょっと浮いていて、かといって英国にいてもそれはそれで浮きそうな気がする。全世界どこにいても浮いていそうな人だ。物腰はいつも丁寧で、筋の通ったことしか言わず、真尋の数々の失敗を注意するときも常に理路整然としている。洞察力も鋭く、誰も気づかないことにいち早く気づいたりもする。

本堂の壁に掛けられた絵の数々を見渡すと、有名な古典的幽霊をモチーフにした絵がいろいろとある。花の絵がついた提灯《ちょうちん》のようなものを提げているのは牡丹灯籠《ぼたんどうろう》のお露さんかな。大蛇が鐘に巻きついている絵は、安珍清姫《あんちんきよひめ》を描いたものだろう、あれは幽霊とはちょっと違う気がするが。

赤ちゃんを抱いている女性を描いた絵には、「丹花小路《たんがしょうじ》の飴《あめ》買い幽霊」と札がついている。潮ノ道の有名な幽霊話だ。潮ノ道商店街から、寺や神社の数々が点在する山手斜面に上がる小路の一つに丹花小路と呼ばれるところがある。そこにあった飴屋に、ある夜更け、見慣れぬ若い女が訪れてわずかな飴を買い求めた。そんなことが数日続き、不審に思った飴屋は帰っていく女の後を追ってみた。女は坂をのぼり、一つの寺の中に、さらにそこの墓地へと入って行った。飴屋がついていくと、墓地のほうから元気な赤子の泣き声が聞こえてきた。驚いた飴屋は庫裏《くり》に飛んで行って住職を起こした。話を聞いた住職は寺男を起こして鍬《くわ》を持ってこさせた。

「六日ほど前のことじゃ。産み月を迎えた若い女が急に亡くなって葬られた。この墓じゃ」

住職が飴屋を連れて行った墓では、地面の下から赤子の泣き声が聞こえてきた。慌てて掘り返して棺桶を開けてみると、中には若い女の亡骸《なきがら》と生きている赤子。飴屋はその亡骸が、飴を買いに来ていたあの女だとすぐわかった。

「お、和尚様、これはどういうことなんでしょう」

「古来、稀《まれ》にあることらしい。産み月の女が亡くなったとき、母親の息が絶えても赤子だけは無事に生まれるということが。このお人もそうじゃったんじゃろう。葬られた後、墓の中で赤子が生まれたんじゃの」

「で、でも、それから六日も、この赤子はどうして無事で……」

「母が幽霊となって、世話をしておったんじゃろう。赤子が腹を減らしても、母はもう乳をやることはできん。じゃからあんたの店に飴を買いに行って、それを与えたんじゃ」

「そうか……。飴は滋養がありますけえ、乳の出の悪い母親が赤子に与えることがあります。じゃあうちの店に来たんは、幽霊じゃったわけですね。母の一念ですかのう。なんと哀れにもありがたい」

こんな話が伝わっているのだ。民話としては有名な話で、各地に「飴買い幽霊」あるいは「子育て幽霊」と呼ばれる同じような話がある。かの小泉八雲《こいずみやくも》も、この民話をもとにした「飴を買う女」という話を残している。幼い頃に母と生き別れ、終生会えなかった八雲の心に、母の愛を謳《うた》ったこの物語が強く響いたのだろう。

ちなみに丹花小路には昔、本当に飴屋さんがあったそうだ。了斎は子供の頃、そこで飴を買っていたと言っていた。潮ノ道っ子である真尋の父母も、了斎よりは若いので子供のころ飴屋さんはもうなかったけれど、お祭りのとき夜店に「丹花飴」というものを売っていたのは覚えているそうだ。店は閉めても、店の主人がそういう時だけ特別に作っていたのかもしれない。「飴買い幽霊ゆかりの幽霊飴」として復活させてお土産として売り出してはどうだろうかと思う。番組で大いに宣伝しちゃうぞ。

そんなわけで飴買い幽霊は、怖いものではなく母の愛情を表す優しい幽霊なので、絵の方も優しいほほ笑みを浮かべた、聖母マリアや慈母観音を思わせる絵だった。

さて、局長がそのとき見ていたのはまた別の絵で、「初恋」とタイトルを書いた札がついていた。作者の名は「森山桃花《もりやまとうか》」とある。着物姿の娘の全身を描いた絵だった。着物の柄は薄紅色の花を散らしたもので、作者の名にちなんだ桃の花かもしれない。若葉を茂らせた木の下に立ち、誰かにふと呼びかけるように軽く右手を挙げて、こちらをまっすぐ見つめている。年のころは十代後半だろうか。優し気できれいな顔立ちだが、思いつめたような一途《いちず》なまなざしが印象的だった。一見して幽霊画らしいところはない。娘の足元に、ひざまで届かないくらいの小さな石像らしきものが描かれている。路傍で見かけるお地蔵様くらいのサイズだが、お地蔵様とは違うようだ。二人の人が身を寄せ合っているような形の像だった。

独りで「初恋」の絵を見ていた局長のことを「長いことうっとり」していたと言った

のは少々話を盛ったが、通り一遍の眺め方でなく、何やら思い入れがあるように見えたのは本当だ。

「きれいな絵ですね。幽霊には見えませんけど」

少しためらいながら、話しかけてみた。

「ああ、君ですか。……同じ美人画でも、幽霊を描いた絵と人間を描いた絵、見分け方を知っていますか」

「いえ」

「幽霊の絵には、瞳孔が描かれません」

「え……」

言われてみればその「初恋」の絵の娘は、思いつめたような強いまなざしでこちらを見ているのに、その目には確かに瞳孔がない。わかってみると、きれいな絵であることは変わりないのに、急にひやりとしたものが画面から感じられた。きょろきょろしてみれば、展示されたどの絵の女性も瞳孔が描かれていないようだ。

「初恋、という題が付いているところを見ると、このひと、というかこの幽霊は、初めて恋した人を見つめているという設定なんでしょうか」

「そうとも考えられますが、『初恋』には初めての恋というほかに、『人を恋い初《そ》めた心』という意味もありますから、誰かを好きだと気付いたときのまなざしを描いたものかも」

「でも向こうは、こんな一途な目で見られていることに気づいていないのでしょうね」

なぜなら彼女の表情が、慕う人と目が合ったときのはじけるような幸せなものではないから。むしろ軽く、ごく軽く驚いたような表情だ。

「これほど見つめられていることに気づかないなんて、鈍い男ですね。許しがたい」

そういえば彼女の右目には、大粒の涙がたまっているみたいではないか。

「そんな鈍い男は、犬に蹴られて死んでしまえー」

局長はここで聞こえよがしのため息をついて、

「言うべきことはいろいろありますが、まずその慣用表現はいろんなものが混ざったようですね」

「え、えーと。人の恋路を邪魔する奴は馬に蹴られて……。夫婦喧嘩《げんか》は犬も喰わない……」

「それに慕う相手は男と限りません。女性かもしれないし、描かれているのが幽霊であることに鑑みれば、人外のものという可能性もある」

「まあそれは、可能性を言えばいろいろと」

「それから、君は大体、簡単に感情移入しすぎです。番組に寄せられたリスナーからのお便りにも、しょっちゅう感情移入して一緒に腹を立てたり嘆いたりしていますね。小なりとはいえ報道機関に属するものとして、その癖は直すべきでしょう」

「おっしゃる通りです」

真尋はしおしおと頭《こうべ》を垂れた。

「何にしても、この絵が大変可憐《かれん》な絵だと認めるのは、やぶさかではありません」

「局長、こういう子がタイプですか？」

「一言多い癖も直しなさい」

「……おっしゃる通りです」

「いらっしゃい、お二人さん。『でえと』かの。隅に置けんのう」

背中をポンと叩いて、中学生並みのからかいの言葉をかけてきたのは了斎和尚であった。焦って否定すると調子に乗るじいさんなので、スルーに限る。局長はきっちりと一礼した。

「ご招待券ありがとうございます。昨年も思いましたが、やっぱりいい絵ばかりですね」

「わしの目にかなった絵ばかりじゃけえの」

「寡聞にして、この絵の作者の森山桃花のことをよく知らないのですが、郷土画家ですよね。どんな画家だったかご教示願えますか」

「江戸時代の女性画家じゃ。女ながら筆一本で身を立てたばかりか、両親をも養っていたらしい」

「江戸時代に女性が、絵だけで食べていくことができたんですか」

真尋が尋ねると、了斎は自慢げに胸を張った。潮ノ道市民には、潮ノ道自慢をまるで自分の手柄のように吹聴《ふいちょう》する者が多い。

「当時の潮ノ道は、文化度が高かったけえのう。豪商が高名な文化人をしきりに潮ノ道に招いて、文化サロンのような場を開いていた。この町の画家が描いた掛け軸に遠来の文化人が画賛を寄せたりといった集いがよくあった。また旧家や寺では大きな襖絵《ふすまえ》を依頼したりと、今と比べて身近に絵師の仕事は多かったと思うで。文化に理解のある豪商は、これと見込んだ文人や画家の後見をしてやったりもしていた。桃花さんも何人かの豪商、ことに浜旦那の向井屋《むかいや》の応援を受けていたらしい。桃花さんの父がもともと、向井屋で雇われていたなかせだったんじゃ」

浜旦那とは豪商の中でも海運業で財を築いた店のこと、「なかせ」とは船荷の上げ下ろしをする労働者のことだ。

「桃花さんの父は大変な力持ちで有名ななかせで、若い頃は『向井屋の宝』と言われるほどだった。ところがある時、仕事中の事故で足を骨折してしもうたらしい。予後がよくなかったらしく、それまでと同じようになかせの仕事を続けることができなくなった。桃花さんは当時十代半ば、すでに絵のうまさで注目されていたので、これをきっかけに絵を仕事にすることにした。桃花さんの父の仕事ぶりを認めていた向井屋の支援もあって、筆で自分の身を立て、二親も養うようになったんじゃ」

了斎の口調はまるで親戚の娘のことを話すかのようだ。

「これが幽霊画なら自画像というわけではないでしょうけれど、その桃花さんもこの絵のような人だったんでしょうか」

局長が聞いた。やっぱり好きなんだろうか、こういうタイプが。

「写真とか残ってないんですか？」

「江戸時代じゃからの」

「え、でも、明治維新前で、写真がある人いますよね」

「坂本龍馬か土方歳三《ひじかたとしぞう》クラスの有名人なら、のう」

そっかー。愚問だったか。

「桃花さんは公人だったわけじゃない、一介の町絵師じゃけえ、写真どころかしっかりした記録も残ってない。じゃが当時のサロンに集っていた文人文化人は筆まめで、日記のようなものを結構残してくれておって、そこに桃花さんも時々登場しとる。評判の美人じゃったということじゃ。それに今言うたとおりのしっかり者じゃったから、きっとこの絵のような、まっすぐな強い目をした娘じゃったかもしれん。……それから、これもやはり物好きな文人が書き残しとるんじゃが、桃花さんは哀しい恋をしていたという話がある。相手は、豪商に招かれてよその土地から潮ノ道にやってきた旅芸人の男だったらしい。あいにく相手は、この町に住み着いてはくれなかった。桃花さんには養わねばならん両親がいるから、ここを離れるわけにはいかん。泣く泣く別れたということじゃ」

「足元に描かれている石の像は、何でしょうね」

「こりゃあ道祖神《どうそじん》じゃろうな。この街で見かける道祖神の像はよくこういう、人が寄り添った形をしておられる。道祖神がどんな役割を持つか、局長なら知っておるかな」

「ええ、確か、境界を守護するのでしたか。街はずれや村はずれの路傍に置いて、外部から悪いものが入ってくるのを防いでもらうと聞いたことがあります」

「そうじゃの」

「だったらもしかして」

局長はやおら、いつもまっすぐ伸ばしている背筋をさらにまっすぐ立てた。

「この場面は町外れか村外れを描いたものということになりますね。それなら桃花さんが、恋をした相手がこの町を去るのを見送ったときの思い出を描いたものかもしれません」

そう聞くと絵の中の娘の一途なまなざしは、別れを覚悟したゆえのものか。軽くあげた手は、呼びかけたくても呼びかけられない、呼びかけても仕方ないという思いの表れか。いや、もしかすると、それまで意識していなかった相手が去っていくのを見送るにあたって、急に自分の想いに気づいたところかもしれない。まさしく「人を恋い初めた」という意味の「初恋」。そう思えば、この絵の軽く驚いたような表情が、自分の想いに気づいた驚きのように見えてきた。

「初めての恋」ならば一生に一度だ。自分の初めての恋はいつだったかと思っても、真尋はよくわからない。一体どこからが初恋と呼ぶものなのか。小学校の時よく遊んでいた男の子は？　テレビのヒーローへの憧れは？　初めて大人の男性への憧れを意識したのは、真尋の場合は仮面ライダー響鬼《ヒビキ》さんだったが。

でも「人を恋い初める気持ち」ならば、一生に何度も訪れるだろう。自分は今恋をしている、この人のことが好きだと意識したときの、世界の色ががらりと変わるような瞬間。九十歳になってもそんな瞬間は訪れるかもしれない。でも、そんな遠い話ではなく、今ごく身近にそんな瞬間が潜んでいるような気がするのはどうしてだろう。

いや、自分のことはともかく、桃花さんの絵のことだった。真面目で健気《けなげ》で親思いの桃花さんはそれまで、自分がまさか、よその土地からやってきてすぐ去ってしまう人に恋をするなど、思ってもみなかったのかもしれない。そうやって抑えつけていた思いに不意に気づいてしまうことって、あるよね。こんなふうに感情移入していたら、また局長に叱られるかな。

その局長は了斎と話し続けている。

「愛しい人との別れの場面を幽霊画に使ったということは、桃花さんはこの絵の中に、自分の想いを葬ったのかもしれませんね」

なんだか鋭いこと言ってるように聞こえる。色恋沙汰についても鋭いとは知らなかった。

「桃花さんのその後の人生は、どんなものだったのでしょうか」

「佳人薄命というか、気の毒なことにあまり長生きはしなかったようじゃ。旦那衆の世話で、手堅い商売をしている家に縁づいたらしいが、最初の子供の産後の肥立ちが悪かったということで」

「そうですか。気の毒に」

局長のこんな優しげで哀しげな声を、真尋は初めて聞いた。真尋の失敗を叱るときと全然違うではないか。

「局長、『桃花さんが自分の想いを絵の中に葬った』と思っているなら、そのあと桃花さんが泣いて暮らしたと思っていませんか？」

「そこまでは言いませんが」

「誰かの人生が不幸だったなんて他人が決めつけてしまうのは、失礼だと思います」

昔のことを思い出して、急に腹が立ってきた。

「あたし、大学のときに読書サークルに所属していまして、課題作を決めて週に一度、読書会を開いて感想を話し合うのが主な活動だったんですが」

「君が時々、とんでもないところから話題を持ってくるのにはだいぶ慣れてきましたが」

「ちゃんとつながってますから安心してください。ある時の課題作の中に、お互い意識し合って、いい雰囲気になっていて、だけどまだはっきり打ち明けてはいない若い男女がいまして。仮に男A、女Bとしておきます。彼らの交友関係の中に、一人の若い男性Cが入ってきます。このCが、Bへの好意を隠さず、かなりあからさまにアプローチをかけてきます。Cは経済的にも恵まれていて、Aのほうはさほどでもなく、Aは自分がこの先もうだつが上がらないだろうと思っていたので、『BさんはCと一緒になるほうが幸せだろう。自分は身を引こう』と思うのです。そうしてBには何も言わず、黙って二人から距離を置くんです。あたし、頭に来ちゃいまして。Bさんが誰と一緒になるのが幸せなんて、どうして他人が決められるの？　って。それはあくまで脇筋で、それがメインの小説ではなかったんですが、翌週の読書会ではつい、そのことについてプンプン怒りながら語ってしまいました。そうしたら、あたしが少しばかり好意を持っていた同級生が反論してきました。あ、少しばかり好意を持っていたというだけで、その人と具体的に何かあったわけではありませんので、お気になさらず」

「いや、いささかも気にはしていませんが」

「……そうですか。それでその彼が、『男というものは、大切な女性を守って幸せにしたいと思う生き物だから、僕にはAの気持ちがよくわかる』なんて寝ぼけたことを言ったんです。だからそういうとこだ！　と。彼女にとって何が幸せか、話し合うこともなしに勝手に決めるのがおかしいとさっきから言ってるのに、あたしの言ってることがここまで通じないか！　と。抱いていたほのかな好意らしきものも、その日を限りに消し飛んでしまいました」

「君が大学時代から、どうしようもなく君だったことがよくわかりました」

「あたしのことはどうでもいいんです。桃花さんのことです。当時は今ほど女性が自由に生き方を選べない時代だったと思うけれど、桃花さんはきっと、自分でちゃんと考えて生き方を選んだんじゃないでしょうか。絵という生計の手段を持っていて、応援してくれる人たちだっていたんだから。一つの道がふさがったからといって泣いて暮らすような人ではなかったと、この絵を見て思います。早くに亡くなってしまったのは確かに気の毒だけれど、新しく選んだ道にもちゃんと幸せを見つけていたんじゃないかと」

「ふうん」

局長は腕組みをして、まだ「初恋」の絵を眺めている。真尋は局長のひじをつかみ、本堂の入り口の方に引っ張った。

「何をするんですか」

「そろそろスタジオに行って、今日の放送の準備をする時間です」

「君はそうすればいいけれど、どうして僕まで」

「もっと美人画を眺めていたいですか。生きている人間より幽霊画のほうがいいですか」

「どうしてその二択になるのですか」

「屁理屈《へりくつ》をこねないでください」

「別に屁理屈じゃないでしょう」

あれがもう一年前のことになるのか。今年も了斎が招待券を届けてくれている。

「局長、今年はいつ見に行かれますか」

「初日に早速と思っています」

「よかった、その日なら私も予定が空いています」

「君と予定を合わせる必要はありませんが」

「局長を独りで行かせては、あの『初恋』の絵に取り込まれそうなので」

「何を言っているんですか、君は」

「私が一緒に行っては迷惑ですか」

「そこまでは言いませんが」

「それでは午後一時に現地集合で」

　そんなわけで、「隠れた名画展」初日の八月十五日、真尋は持福寺本堂で局長と一緒に「初恋」の絵の前に並んでいる。

「あれ……」

　真尋はバッグからハンカチを取り出した。「初恋」の絵の顔に、水滴がついているように見えたのだ。ハンカチを持った手を絵の方に伸ばすと、背後からいきなり抱き留められた。

「ちょ、ちょっと局長、何をするんですか」

「それはこっちのセリフです。貴重な絵をハンカチでこする気ですか」

「だってこれ、絵に水滴がついていませんか。雨漏りでもしているのか、それとも結露か、拭いておかないと絵が傷んでしまいます」

「たとえそうにしても、素人がいきなりハンカチで拭いていいかどうかは別問題です。それによくごらんなさい。水滴がついているように見えますが、本物の水ではありません」

ほんとだ……。絵の中の娘の頬を伝っているように見えるのは、本物の水滴ではない。

そのしずくは、絵の中に存在しているのだ。まるで彼女の右目からこぼれた涙のように。

「去年はこの位置に、こんな涙のようなものはありませんでしたよね。おとどしはどうでしたか」

「そうですね、無かった気がします。右目にたまった涙が今にもこぼれそうだと思った覚えはあります。本当に涙がこぼれていたら、そんな風には思わなかったでしょう」

「私もそう思います。不思議ですね。去年と今年で絵が変わっているなんて。まるで絵の中のこの子が本当に涙を流したみたい」

「お二人さん、イチャイチャするには寺の本堂は向かんと思うが」

古めかしいからかいの言葉を浴びせてきたのは、またしても了斎だった。気づいてみれば真尋はまだ局長の腕に抱えられたままであったよ。きゃあきゃあ言いながらその場から逃げた真尋は、本堂入り口の石段にへたり込んだ。

振り向けば、局長と了斎は「初恋」の絵の前で話している。「涙」の正体についてだろうか。

「ほうじゃのう。わしは局長ほどこの絵をじっくり見てはおらんが、確かに以前はこんなふうに涙を流しているようには描かれていなかったじゃろう」

「なんだか前半の言葉に棘《とげ》を感じますが、同感です。去年から今年まで、この絵はどこにあったんですか」

「もちろん本来の所有者のうちに返却しておった。そのまましまってあったはずじゃ」

「それなら可能性だけ言えば、そのおうちのどなたかがこっそりと加筆したということはあり得ますが」

「そんな非常識なことをする者は、確かあのうちの家族にはおらんがのう。それに、こんな本物と見まがうような水滴を描くなど、かなり絵の心得のあるものでないと無理じゃ。そういう者もおらん」

真尋は二人の間に割り込んだ。

「ねえねえ、やっぱりこれ、この子が本当に涙を流したってことでどうですか。絵に描かれたものが動いたなんて、怪談にはよくあるじゃありませんか」

「幽霊画だからって、無理に怪談にしなくてもいいと思います」

「怪談と言っても怖い話じゃありません。きっとこれ、嬉《うれ》し涙です」

「何をもって嬉し涙だと思うんですか」

「だって一年前からずっとしまい込まれていたなら、彼女にとって哀しいことって、新しく起こりようがないでしょう」

「嬉しいことだって起こりようがないと思いますが」

「一年前、しまい込まれる前に嬉しいことがあったんじゃないですか。局長、作者の桃花さんが自分の想いをこの絵の中に葬ったのかもしれないっておっしゃったでしょう。長い年月が経って、ようやくわかってもらえたことが嬉しかったのでは」

「君はずいぶんロマンティストなんですね」

「それを言うなら、この絵の娘さんは、それとも画家の桃花さんは、真尋ちゃんの言葉も嬉しかったんかもしれん。潮ノ道の美術好きの間では森山桃花はよく知られた名じゃが、みんな、桃花さんのことを悲恋に泣いた可哀そうなひととして語っておったからな。桃花さんが自分のことを可哀そうだと思っていなかったなら、死んだずっと後まで他人から可哀そうがられるのは、あまり愉快なことではあるまい。わしらはそこに気づかなかった。真尋ちゃんがそこに気づいたのが、嬉しかったのではないか」

そうだったら嬉しいけれど、と真尋は思いつつ、もう一つ思いついてしまった、涙の理由。

「哀しみの涙でも嬉し涙でもない可能性を思いつきました。もともとのこの絵の表情、自分の中にある『好きだ』という思いにふと気づいて驚いたときではないかと、去年思ったんです。そんな彼女が去年、目の前に素敵な殿方がいることに気づいてはっとして、でも絵の中と外ではどうせ叶《かな》わぬ思いだと、そこであふれてしまった涙かもしれません」

「目の前に素敵な殿方？　……絵の中の乙女を嘆かせるとは、っ、罪な話じゃの」

なぜ了斎さんが焦るのか。そりゃああのとき、了斎さんもそこにいたけどさ。

「局長、幽霊画はもういいでしょう。さあ、スタジオに戻りましょう」

真尋は去年と同じように、局長の腕を無理やり引っ張って本堂を後にした。これってまるきり「馬に蹴られて死んじまえ」パターンだなと思いつつ、それでも絵に負けるわけにはいかないさ。

不通

1

「あのう、学生さんですか？　アンケートにご協力いただけませんか？」

狩野悟《かのうさとる》が梅田の駅前で声をかけられたのは、五月も終わりのことだった。相手は小柄な女性だった。信号待ちをしていたときに、いつの間にかふいっと脇の下に入り込んでいた、という感じで、上目遣いにこちらを見上げていたのだ。一人で映画を見た帰りだったので急いでいたわけでもなく、うなずくと彼女は嬉《うれ》しげに悟の袖《そで》を引っ張って、信号待ちの人の群れから少し離れた地下道の入り口に連れて行った。

問われるまま答えたアンケート内容は、今後の就職活動の予定は、就職に必要な能力や資格は何だと思うか、といった簡単なものだった。おざなりに答えておいても良かったのだが、相手が「ちょっといいな」という感じの子だったので無駄に熱が入ってしまった。学生かと思えるような若さで、こちらの話にいちいちうなずきながらクリップボードにとめた紙に何か書き込む様子がいかにも初々しく、長過ぎない爪《つめ》に派手過ぎないピンクのエナメルがきれいに塗ってあるのも、「なんかちょっといいな」だったのだ。首からかけた名札には、「木下《きのした》エリ」と名前が書かれていた。

「ありがとうございます」という言葉とともに質問を終えると、彼女は急に打ち解けた言葉遣いになった。

「大阪の人《こっち》やないんやね。言葉でわかるわ」

「いつも言われます」

ややふてくされたような言い方になった。地方出身だということを恥じているわけではないので、自分の方言を矯正しようなどと思ったことはない。しかし、周囲のエネルギッシュな大阪弁に抗してお国訛《なま》りを保とうとすると、意外に根性が要るものだ。そこまでのこだわりもなかったので、入学して数ヶ月とたたないうちに故郷の方言は自然と使わなくなり、三回生の今では普通に大阪弁をしゃべっていると思っている。しかしコテコテ大阪弁ネイティブの先輩に言わせると「お前のハンパな大阪弁は気色悪い」だそうで、それが少々癪《しゃく》に障るのだ。

気を悪くしたと思ったのか、相手はやや慌てたように、

「ううん、悪い意味やないんよ。あたしもよその出身やもん。こっちの人からすると、アクセントが全然違うらしいわ」

もちろん悟には、どこが違うのかまるでわからない。彼女は小さく首をかしげて、

「ねえ、ずうずうしいと思わんといてね。あたし、こっちではまだまだ知り合いが少ないの。良かったら友達になってくれへん?」

急にそんなことを言われて面くらったが、休日に一人で映画を見ている悟に、断る理

由もない。まして相手が、いかにも愛らしい若い女の子であれば。

早速携帯の赤外線通信で連絡先を交換したが、そこから大きな進展があるなど、本気で期待したわけではない。何しろ、誰の人生にも必ず三度あるとやらいう「モテ期」がこの二十年まだ一度も訪れたことがなく、小中高大通じてクラスメートの女たちに常に「人畜無害のお友達」扱いされてきた悟である。

にもかかわらず、エリという子はすぐにコンタクトを取ってきた。その晩いきなり、『今日はどうもありがとう！　今度、一緒に映画でも行こうよ』と絵文字をちりばめたメールが届いたのだ。悟は思わず、アパート共同の洗面所まで行って鏡をのぞいてしまった。己《おの》が顔のどこを彼女が気に入ってくれたのかと思ったのだ。ぼうっと焦点の定まらない、しかしものすごく評価を甘くすれば坊ちゃんぽいと言えなくもない細面《ほそおもて》の顔が鏡の中から見返してきた。これは、あれか、ついに「モテ期」が俺にも訪れたのか？

しかもいきなりあんなかわいい子だなんて、そんな幸運を信じていいのか？

ここでようやく悟は返信がまだであることを思い出し、洗面所用のサンダルを左右に脱ぎ散らして部屋まで駆け戻った。おかげで、共有スペースのマナーには小姑《こじゅうと》のようにうるさい、隣の部屋の新木《あらき》にあとでくどくど嫌味を言われるはめになった。

何度かのメールのやり取りを経て、次の土曜日に一緒に映画を見に行くことが決まってからも悟は、自分の幸運を百パーセント信じていたわけではない。しかし、夢でもなんでもなくちゃんと梅田ピカデリーで映画を見て、帰りにはホワイティうめだの地下街でお茶して、さらにその晩彼女から『今日は楽しかったよ！　またどっか行こうね』とメールが来るにいたって、そろそろ素直に神に感謝するべきではないか、と思い始めた。デートを重ねてみると、エリは実に気立てのいい子だった。「何が食べたい？」と聞かれて「何でもいい」などとこちらが一番困る答えを返すことはなく、「今日はハンバーガーかな」「ラーメンがええなあ」と、学生であるこちらの懐具合をちゃんと気にかけてくれたリクエストをする。悟の話すことにはどんなつまらないことでも目を輝かせて、うなずきながら聴き入ってくれる。おしゃべりではないのか、自分のことをあれこれ話すことはなかったが、学生ではないということはじきにわかった。専門学校を卒業してから就職二年目、悟より一つ年上ということだ。勤めているのは就職に関連する様々な資格取得教材の制作会社で、先日のアンケートもその仕事の一環だったという。

「そういえばサトルくんも来年就職なら、そろそろ対策を考えておいたほうがいいよね。男の子と女の子では全然事情が違うかもしれへんけど、いつでも相談に乗るよ」

　自分に対してこんなふうに親身になってくれるなんて、と悟は感じ入ったものだ。

2

「何をにやにやしとんのや」

　一人の部屋でいきなりそう声をかけられたら普通は驚くが、もう慣れてしまった。悟の言葉遣いを「ハンパな大阪弁」だとクサす、このコテコテ大阪弁の主は、新木とは反対側の隣の部屋に住む一学年先輩の菅生《すがお》成司《せいじ》だ。

男子大学生ばかりが住むこのアパートではたいていの者が、部屋にいるときは不精を発揮して鍵《かぎ》をかけないが、この菅生は三日以上留守をするとき以外、大学の授業に出ているときも眠っているときもネットでエロ動画を見ているときも鍵をかけたためしなどない、という剛の者である。それは本人の勝手だが、他人も自分と同じと心得て、ノックもせずに部屋に入ってくる癖はどうにかしてほしいものだ。

とはいえ、彼と顔を合わせるのはしばらくぶりだった。四回生である菅生はこの一ヶ月、中学校に教育実習に行っていた。彼の出身中学は、北摂《ほくせつ》にあるこのアパートからえっちらおっちら大阪府を南の端まで縦断したところにあるので、実習期間中は実家に帰っていたのである。野武士のごとき風貌《ふうぼう》のこの男が教師に向くかどうかはさておき、生徒の受けはいいタイプだろう。放課後のクラブ指導のほうがメインだったとおぼしき、日に焼けた顔になっている。

さっさと座り込んでしまった彼に、いつになく熱烈歓迎を表明してしまったのは、土産《みやげ》だとちゃぶ台に載せてくれた大阪名物「蓬莱《ほうらい》」の豚まんと缶ビールのせいばかりではない。ここのところの自分の幸せを語りたくて仕方なかったからだ。とはいえ、やはり「モテ期」が来ていないらしく女っ気のない生活をしている菅生に、いきなりのろけるような品のない真似《まね》はしない。

「ブチ、今日はどうしたんや、ホンマにえらくにやけとるやんけ」

「ブチ」というのは悟の故郷で「非常に」という意味の言葉である。確か入学早々の親《しん》睦《ぼく》会の席でうっかり使ってしまい（地元では見たことがない「どて焼き」を初めて食べて、「ぶちうまい」みたいなことを言った覚えがある）、以来、友人間で悟のあだ名として定着してしまった。この言葉にはよほどインパクトがあるらしい。里帰りしたときに友人たちと話していると、よその土地でやはり「ブチ」とあだ名をつけられたと言う者が何人もいた。

「そんなことないですよー。うふふふ」

「うわ、ごっつ気持ち悪。なんやねん。吐いてまえ」

「いえいえ、何でもありません。うふふふ」

そんな問答を繰り返し、業を煮やした菅生にスリーパーホールドをかけられるにいたって、悟はしぶしぶというふりで白状した。エリと会ったのは菅生が教育実習に出かけた後なので、これまで彼女のことを話す機会がなかったのだ。

一通り聞き終わった菅生はずばり、「まだ、えっちはしとらんのやろ」と尋ねてきた。

「な、なんですか、いきなり」

菅生はこの年齢の健康な男子にふさわしくド助平ではあるが、ここまで直球勝負とは思わなかった。

「家族には紹介してもろうたか」

「まだそんな深い付き合いやないんです」

「住んでるうちだか部屋だかに行ったことは」

「だから、そこまでの付き合いと違いますって。豊中《とよなか》駅の近くに住んでるとは聞きましたけど。……ただの友達ですね、これじゃ」

自分で言いながら悟は落ち込んできた。考えてみれば何度か会っただけじゃないか。あれだってデートとは全然呼べないものだったのかもしれない。その気だったのはこちらだけで、先方は友達以前としか思っていないのかも。

萱生は空になったビール缶をもてあそびながら何か考えているようだったが、やがて、

「まあ、そないに暗い顔せんでもええ。次に会う約束をしてるんやったら、そのとき、えっちに誘うてみ。首尾は必ず俺に報告するんやで」

変態おじさんかとつっこみたくなるような提案にもかかわらず、萱生にからかっている様子はなく、むしろ腹でも下しているかのように眉間《みけん》にしわを寄せていた。

3

次の土曜日、悟はエリと、なんばシティの小洒落《こじゃれ》たカフェレストランでランチをとった。いつもより少し張りこんだ食事だが、エリが、

「この店、関西ウォーカーで見て、おいしそうやってん。ボーナスも出たし、たまには

あたしにご馳走《ちそう》させて」

そう言ったからだ。初めて見る若鶏のコンフィやらクレープシュゼットやらを食べ終わり、どこに遊びに行く？　と今度はちゃんと自分がおごるつもりで悟が聞くと、エリはそれを見透かしたようにくすっと笑った。

「んー、カラオケボックスはどう？　この近くに、昼の時間帯はすごく安いとこがあるねん」

またさりげなく気を遣ってくれている、とじいんとしながらも、悟はふと気になった。

「でも、二人きりで？」

「うん。ええやろ？　二人なら気兼ねなくいっぱい歌えるよ。それに」

エリはテーブルの向こうから顔を近づけて、ささやき声になった。

「大切な話もあるしね」

カラオケボックスに入ってからも悟はしばらく、情けないほど緊張していた。出会って以来、個室で二人きりというのは初めての経験だ。

『大切な話もあるしね』『えっちに誘うてみ』

エリのさっきの言葉と菅生の先日の言葉をあわせて思い出してしまうと、いろんな意味でやばくなりそうだった。

それでも「宇宙戦艦ヤマト」と「太陽がくれた季節」を熱唱して煩悩《ぼんのう》を吹き飛ばすと、やっと調子が出てきた。「お前いくつや」と友人たちに言われるほど最近の歌に疎《うと》く、かわりに懐メロや往年のアニメソングに強い悟である。それが逆に新鮮なのか、どの歌にもエリはころころ笑いながら喝采《かっさい》してくれた。

エリのほうは新しい歌から定番ソングまで何でもござれで、なかなか堂に入《い》った歌いぶりだ。ノリのいい歌のときは、観客は悟一人であるにもかかわらず前に出て行って、ふりつきで歌う。

その全身を見ながら悟は、本当にきれいな子だな、といまさらなことを思った。栗色に染めたセミロングの髪の毛先が、動きに合わせてふわふわ揺れる。ブルー系の小花を散らしたワンピースに銀色のほっそりしたサンダル（ミュールとか言うんだったかな）。どうしてあんな今にも壊れそうなものを履いて跳んだりはねたりできるんだろう？　悟はほとんど夢心地だったが、ここのカラオケには無粋な採点装置がついていて、歌が終わるたびに「80点！　なかなかいいね！」だの、「90点！　素晴らしい」だのとコメントが出るおかげでどうにかうつつを保っていた。

「ああ、喉《のど》渇いた」

浜崎あゆみで見事に95点をたたき出してから席に戻ると、エリは上気した顔で、注文してあったモスコミュールのグラスに口をつけた。

「サトルくん、次はもう入れた？」

「あ……ごめん」

こういうときは、『君に見とれていて忘れてた』と正直に言うほうが喜ばれるんだろうか？　できるわけもないことを思いつつ、さて何を歌おうかと考えた。さっきの「ガッチャマンの歌」では45点しか取れなかったしな。そこで思い出したのが、以前、バラエティ番組で見たネタだ。カラオケで唱歌の「故郷《ふるさと》」を歌うと、下手な者でも必ず高得点が出るとカラオケ名人が言っていて、一度試してみたいと思っていたのだ。意外性もあって、ウケそうだし。

分厚い曲目リストをめくると、日ごろはまず見ない『童謡・唱歌』のページには、意外なほどたくさんの歌が掲載されていた。

イントロが流れ、画面にタイトルが出るとエリは「うわ、渋ぅ」と目を円くしている。思い入れたっぷりに目を閉じて見せ、「うさぎおいし　かのやまー」と歌い始めた。この歌詞を「うさぎ美味《おい》しい」だと思っていた、なんて話はよく聞くが、悟は意味を知っている。学校の音楽の時間、それとも子供会のイベントか何かで説明してもらったのだろうか？　そのへんのことは忘れたが、歌のほうは今でも三番までそらで歌える。小さい頃身につけたものはなかなか抜けないものだ。

「みずはきよき　ふるさとー」とラストで余韻を効かせて目を開けた。そのとたん悟は、驚きのあまりカラオケの採点を見逃した。エリの両目に涙が溜《た》まっていたのだ。

「ど、どうしたん」

焦って尋ねると、エリは慌てたように目をしばたたき、おどけてみせるように、テーブルの上のお絞りで涙をぬぐう真似をした。

「何でもあらへんよ。サトルくんの歌があんまりうまかったから」

「そんなわけないやろ」

自慢じゃないが悟の歌は、とりたててうまくもなく、かといってオンチでもない、一番面白みのない出来である。以前アパート仲間でカラオケに行ったとき、菅生に「お前の人柄そのものっちゅう歌い方やなあ」と言われたくらいだ。腹が立って「先輩みたいに独創的に音を外せたら楽しいと思いますよ」と言い返し、頭をはたかれたものだった。

「何かあったんちゃうか」

気になって尋ねたが、エリはやや機嫌を損ねた顔になった。

「何でもないってば。それより、サトルくんのふるさとってどんなとこ？　潮《しお》ノ道《みち》って言ってたっけ。ええとこなんやろ」

次にエリが入れていた歌が始まっていたが、彼女はリモコンのボタンを押してキャンセルしてしまった。

エリには以前、何かのついでに故郷は潮ノ道だと話したことがあった。潮ノ道は大阪から新幹線で西に一時間半ほどの瀬戸内沿岸の港町だ。決して都会とはいえないが、さまざまな文学作品や映画の舞台になってきたせいで知名度だけはあるらしい。大阪ででき た知人の中にも、潮ノ道の名を聞いたことのない者はいなかった。潮ノ道が広島にあるか岡山にあるか知らなかった菅生でさえ漠然としたイメージはあったようで、エリと同じように「ええとこなんやろ」と言っていた。そんなものだろうか？

出身者である悟から見ると潮ノ道は、自分が歌うカラオケみたいなものだ。暑くなく寒くなく、賑《にぎ》わってはいないが過疎というほどでもなく、すごい魅力もなければひどく嫌な町というほどでもない。すべてにわたって平凡で当たり前で、個性がない。江戸時代には北前船の寄港地として栄えていたらしいが、今はその過去の夢の中でうとうとと眠っているような町だ。

最近は市町村合併でずいぶん広くなっているが、JR潮ノ道駅周辺の「潮ノ道三山」と呼ばれる小さな山々と瀬戸内海に囲まれたエリアがもっとも古くからの街並みで、文学作品や映画に登場するのも多くはそのあたりだ。しかし地元民から言わせると、そういった作品における潮ノ道はずいぶん美化されている。いや、山がすぐ海に迫る地形は、映像として切り取れば確かに美しいのだろう。けれど、平野部分が少ないせいで山の斜面に積みあがるようにしてできた街は、毎日暮らすには実に厄介だ。石段だらけの道には車が入らないので、郵便配達や宅配便もみな徒歩でやってくる。ごみの収集は基本的に天秤棒《てんびんぼう》と金だらい。最近ようやくキャタピラーつきのごみ収集用荷車が開発されたので、作業がずいぶん楽になったと聞いている。

悟の実家もそういった坂の途中にあるが、子供の頃、夕飯の支度の途中で母親が買い忘れに気づいたときなど、三つ上の兄とどちらがお使いに行くかで真剣に口ゲンカをしていたものだ。どうしても決着がつかなかった日は、夕食のメニューがカレーからただの塩味のスープになってしまったこともある。冴《さ》えない顔の兄弟に向かって母は「身から出たさびよ」と言ったが、そもそもカレールーを買い忘れたのは自分だということを忘れてないかと思ったものだった。もともと無口な男とはいえ、父が黙々と食べていたのは尊敬に値する。

無駄に体力が余っているような小学生男子でそうなのだから、年寄りにとって日々の買い物は酷だろう。体力の限界に来た老人たちがよそに移ったあとの家には、なかなか入り手がいない。車の入らない土地は若い世代には敬遠されるし、そもそも潮ノ道には働き口が少ないので若い世代自体が減っている。そんなわけで、潮ノ道のシンボルといっていい三山の斜面には最近空き家が目立つようになっているそうだ。ふるさとのことであるから多少気がかりであることは間違いないが、時代の流れならしょうがないな、と思っている。あんな平凡で地味な町では、観光客はともかく、そこに住もうという者を呼び込むのは難しい。悟自身、大学を出てから潮ノ道に帰るかどうかよくわからないのだし……。

そんなことをまとまりなく話すと、

「聞いてると、平凡で地味な町には思えへんけど」

エリは遠くを見るような目で軽く笑った。

「そういうエリちゃんの故郷はどうなんや」

話の流れでそう聞いてから、考えてみれば彼女のプライベートなことについて、こちらから尋ねるのは初めてだったと気づいた。彼女はまだ半ばぼんやりと、

「あたしのふるさとこそ、平凡でとりえのないとこやわ。悟くんとこを飛び越えて、ずっと西の町」

「お盆には帰省するんやろ」

目前に迫った夏休みで、悟の通うキャンパスはもうなんとなく浮き足立っている。それが頭にあったので、深い意味もなくそう聞いたのだが、エリは急に顔を曇らせ、吐き捨てるように答えた。

「帰らへん。帰れるわけないやろ、あんなとこ」

「いや、あんなって、オレ知らんとこやし」

エリのこんなとげとげしい反応は初めてのことで、悟は少なからずびびって及び腰になった。

「田舎《いなか》。とにかく田舎やもん。空気がどよんと死んでるみたいで、新しいものや見慣れないものは何でもつまはじき。あんなとこじゃ、やりたいこと、何にもできへん」

エリは残っていたモスコミュールを飲み干し、音を立てて氷を嚙《か》み砕いた。

「それは、なんとなくわかる」

当たり障りのない相槌《あいづち》を打ったが、実際のところ地方の町のそういう雰囲気は、潮ノ道にも共通したものがある。やはり小学校の頃、悟のうちによくおしゃべりに来ていた近所のおばちゃんのことを思い出した。やたら噂《うわさ》好きで、そういうことの苦手な悟の母はそれほど歓迎してはいなかったが、構わずやって来ては長々と話し込む人物であった。

一番印象に残っているのは、当時同じ町内にいた、東京から実家に戻ってきたばかりの若い娘についての噂話だ。学校を卒業したのか仕事をやめたのか、それともほかに事情があったのかは知らない。とにかくおばちゃんはその彼女のことを、「濃い化粧して出歩きばあしょうる（ばかりしている）」と、申し訳程度に潜めた筒抜けの声で話していた。たまたま通りかかってそれを小耳に挟んだ悟は、化粧が濃いというのは、あんなひそひそ声で話されるような悪いことなのかと衝撃を受けた。

おばちゃんの意見はともかく、その彼女がなにやら近寄りがたい存在だったのは本当だ。スズメバチやコブラを連想させる色合いの服ばかりまとって歩いていたので常に目だっていたし、青や紫に塗ったまぶたの下の目はいつも不機嫌そうだった。彼女は一体、何に対してあれほど身構え、挑みかかっていたのだろうと今にして思う。おばちゃんたちの陰口に対してか、それとも、いたくもない場所にいなければならない運命にだろうか。いずれにしろ彼女は、ほどなく再び町からいなくなり、その後どうしているかわからない。潮ノ道はもう彼女にとって、故郷ではあっても居場所ではなくなっていたのだろう。

「だからエリちゃんは故郷に帰らへんのか？　この夏のことだけやなくて。やりたいことがこっちにあるから？」

エリの反応は劇的だった。ぎくりとしたように身を引くと、悟を睨《にら》みつけてきたのだ。

「大きなお世話。なんであんたにそんなこと聞かれなあかんの」

もしかして「彼女」と呼んでもいい関係に発展するかも、と夢見ていた相手のこの言葉には、どちらかといえば鈍い悟も傷ついた。何か言わねばと思って「でも……」と口ごもると、

「しつっこいな！」

エリはたたきつけるように言ったかと思うと、手放しで泣き始めた。初めて会って以来これまで、エリは常に明るく朗らかで、気分屋だったり不安定だったりというところはまったくなかったので、悟は凝固してしまった。頭の中の一割くらいは『俺がいったい何をした』と文句を言いたい気持ちが渦巻き、あと一割くらいで『女の子がこんなに泣くのを見るのは幼稚園以来だ』とやや感心し、あと八割はひたすら『どうしようどうしようどうしよう』とうろたえていた。

幸い、泣いていたのはそれほど長い時間ではなかった。やがてエリはバッグの中からハンカチを取り出し、無言のまま顔をぬぐった。目鼻の位置が変わるんじゃないかと心配になるほど乱暴なぬぐい方だった。

「ごめん」

何がなんだかわからないが、ひとまず悟は謝った。

「女が泣いた理由なんて、追及するもんやないよ」

涙のせいで声は少ししゃがれていたが、エリはようやく笑みを見せた。目鼻の位置こそ変わっていないが、頬《ほお》のあたりがまだらに見えるのは化粧が落ちてしまったからだろ

う。もう重ねて聞くこともできず、悟は喉までせりあがっていたもろもろの問いを呑《の》み込んだ。

「まあ故郷なんて、地元のもんにはどこでも代わり映えせんのやろうな。よその土地のもんがドリームを持つだけで」

今のやり取りはなかったことにして、さっきの話題に戻ってみると、

「そういうもんかもね」

気のない返事ではあったがどうにか無難にまとまり、悟はほっとした。そのとき、インターフォンが鳴って時間切れを告げた。

カラオケから出た後は気が抜けてしまって、もう帰ろうという話になった。帰りの電車の中、エリは落ち着きを取り戻していたが、ずっとぼんやりしたままで、降りる駅が近づいてもいつものように目を輝かせて「今日は楽しかったわ。ありがとう」と言うことをしなかった。座席から立ち上がるとき、エリは急に思い出したようにこちらを見て、「いっぺん行ってみたいな、悟くんのふるさと」と言った。悟が返事を思いつかず、文字通り「あわあわ」と口ごもっていると、エリは銀のミュールを鳴らしてさっさと電車から降りてしまった。ホームで小さく手を振ると、いつものように電車が出るまで見送ることもせず、地下通路に続く階段のほうに足早に歩き出した。

長い夏の日が暮れる頃、ジェットコースターで揺さぶられたような気分でアパートの

部屋に帰りつくと、悟は畳の上にぐったり寝そべった。エリがあんなに、理由もわからず感情的になることがあるとは思わなかった。

このアパートは裏手がすぐ川なので風が通り、夜は窓を網戸にしておけばクーラーなしでも眠れるという、貧乏学生にとってはありがたい立地だが、昼間の熱がまだ残っている今はうんざりするほど暑い。扇風機の風がなるべく広範囲に当たるよう身体《からだ》を伸ばしながら、それでも悟は悪い気分ではなかった。

彼氏彼女とケンカするようになるのは、本当に仲良くなってからだと友人たちからも聞いている。それに〈あなたのふるさとに行ってみたい〉なんて発言は、憎からず思っている相手に対してでないと、出てこないだろう。

そう思って頰を緩めながらも、携帯のほうはちょいちょい気にしていた。デートした日の夜、エリは必ず、悟がアパートに戻るのを見澄ましたように『今日は楽しかったよ！　また行こうね』といったメールをよこす。今日はそれがまだだったのだ。

泣いたりしたから気まずいんだろうか？　そう思いついて、夕飯の準備をするため立ち上がったついでにこちらからメールを入れてみた。夕べ作ったハヤシライスを温めて食べ終え、あさって締め切りの債権論のレポートを書き始め、早々に煮詰まってお笑い番組に逃避してしまい——それが終わってからも、エリからの返事は来なかった。

さすがに気がかりになって電話してみると、「おかけになった電話は、現在電波の届かないところにあるか、電源が入っていないため……」とアナウンスが流れた。まさか良からぬことでもあったんじゃないか、交通事故とか、と思ったあとで、悟は心の中で反射的に『ご先祖様、お守りください』と唱えた。小学校に上がる前、ばあちゃん子だった悟は祖母に言われ、朝夕仏壇の前で手を合わせて「ごせんぞさま、おまもりください」と拝むのが習慣になっていたものだから、今でも何か心配なことがあるとそう祈ってしまうのだ。

ご先祖様が精神安定剤になったわけでもないだろうが、ここで事故の心配までするのはいくらなんでも気が小さい、と思いなおした。携帯の電源を切ったままうっかり入れ忘れるということは日常的にある話じゃないか。それとも誰か大事な相手と会っているのかもしれないし、と思ったとたん、今度は違う意味で『ご先祖様、お守りください』と唱えてしまった。

翌朝日曜になっても、エリからはメールも着信も入っていなかった。もう一度電話をかけると、昨夜と同じメッセージが流れる。悟の中では、「五分おきにでも電話をかけたい」気持ちと、「気の小さい男と思われたくない」気持ちがせめぎあい、午前中はレポートが一行も進まない、まったくの不毛なひとときとなった。午後になって双方の気持ちが歩み寄りを見せたので、悟はもう一度携帯をプッシュした。昨夜と違うメッセージが流れてきて、悟は一瞬、前後を見失った。

『おかけになった電話番号は、現在使われておりません……』

4

「おい、ブチ、まぁた寝とるんか？」

頭の上から声が降ってきた。薄目を開けると、枕元《まくらもと》ににょっきり、毛むくじゃらのごつい脚が二本そびえていた。菅生がこちらを見下ろしている。

「寝てませんよ」

そう言っておいてから自分でも矛盾したことに、悟は体の脇に固まっていたタオルケットを頭からかぶった。

「よおこんな暑い部屋に籠《こ》もっとるもんやな」

菅生は遠慮なくタオルケットをはぎとった。確かに部屋の中はじっとりと暑く、悟が着ているパジャマ代わりのTシャツも汗で湿っている。九月に入ったとはいえ、大阪の残暑はえげつないほど厳しかった。

「ろくにメシも食うとらんのやろ」

「ちゃんと食べてます」

一畳ばかりのキッチンスペースを意味ありげに見やる菅生の視線を追うと、そこにはカップラーメンの空容器が、ピサの斜塔よろしくやや傾いて積みあがっていた。

「ちゃんとやないけど、食べてます」

悟がそう訂正すると、菅生は抱えていたタオルケットを万年床《まんねんどこ》の上にばさりと投げ落としてその脇にあぐらをかいた。

「まったく、人間、堕落しだすと早いもんやな。この部屋もちょっと前まではあないにきれいやったのに」

それはあくまで、菅生の部屋との比較においての話だ。菅生が住む隣の部屋といったら、泥棒に盗みに入られても何がとられたかおそらくわかるまい、というほどの散らかり具合である。いや、あの部屋を見たら、泥棒だって玄関で回れ右して帰るに違いない。それと比べれば、以前の悟の部屋は確かに片付いていただろう。

そういえばここしばらく掃除機もかけてないし、ゴミも出していない。料理もしていないから生ゴミがないのは幸いだった。このうえ腐敗臭が漂いだしたらさすがに管理人から苦情が来るだろうが、今のところは他人《ひと》さまに迷惑をかけるところまではいっていない。

「放《ほ》っといてください」

悟は意地になってタオルケットを抱え、菅生に背を向けて体を丸めた。

エリと音信不通になってから、二ヶ月あまり。最初の数日は頭がどうかなりそうなほど心配した。事故にでも遭ったんじゃないのか？　事件にでも巻き込まれたのでは？　警察に届けたほうがいいだろうか？　『ご先祖様お守りください』と繰り返し唱えつつ、どちらにしても携帯電話が翌日解約されているのは不自然だとやがて気づいた。そこにはエリ自身の意思があったとしか思えない。しかし携帯が使えないと、こちらからは連絡のとりようがないのだ。住所を知らない、共通の知り合いもいないという状況は、菅生に話したときから変わっていなかった。

考えあぐねて梅田駅の周辺で、アンケート調査をしている人やティッシュ配りをしている人を捕まえ、『こういう容姿の木下エリという子を知らないか』と尋ねてみたこともあるが、無視されるか胡散臭《うさん》そうな目で見られるかだった。いつもエリが降りていた豊中駅前の交番で同じことを聞くと、今度は完全に怪しい者を見る目で、「どうしてそんなこと聞くんですか」と問われた。このあたりに住んでるはずの友人なんですが、住所も何もわからなくて、急に携帯が解約されてて連絡がつかなくなって、とぼそぼそ説明するうちに、悟は不意にわかった。——そうか。

まだ二十代半ばと見える若い警官の顔には哀れみの色が浮かんでいた。

「ちょっと座って話をせえへんか」

ストーカーにでもなってはいけないと思われたか、警官は穏やかにそう言ってくれたが、

「いえ、もういいんです」

それだけ言って交番を出た。あまりにも悄然《しょうぜん》としていたからか、警官は何も声をかけなかった。

そうだ。本当はもっと早くからわかってたんだ。俺、振られたんだ。だが、なぜ？二人の間に、ケンカというほどではないがちょっとした波が立ったのは確かだ。しかし、一方的に縁を切られるほどのことだったとは思えない。自分が鈍いのは認めるが、そこまでひどいことを言ったりしたりした覚えはない。百歩譲って、どうしても許せないことがあるというなら、それが何なのか教えて欲しい。黙って縁を切るなんて、あんまりじゃないか。それに、俺のことが嫌いになったというなら、最後のあの言葉はなんだったんだ。『いっぺん行ってみたいな、悟くんのふるさと』というあの言葉は。

その日、どうやってアパートまで帰りついたのか、悟はまったく覚えていない。それ以来、夏休みをいいことにほとんど引きこもって過ごしている。

一度、徹夜で自棄《やけ》酒と愚痴に付き合ってもらったためおおむね事情を知っている菅生が、肩をすくめる気配があった。

「まあええ。今日は違う用事があって来たんや。……お前、帰省はせえへんのか」

「は？」

意外な言葉に、首だけひねって菅生のほうを見ると、顔の前に一枚の紙をつきつけられた。

「潮ノ道・灯籠《とうろう》の宵祭り」と大きく書かれた筆文字。バックは夜空を背景にした寺と、そこに上る石段の写真。段ごとに小さな灯籠のようなものが置かれ、オレンジ色の光がソフトフォーカスで写っている。観光協会あたりのサイトからポスターかチラシをプリントアウトしたらしい。

「お前の故郷やったろ、ここ」

「そうですけど」

「景色も良うて食いもんもうまい、ええとこやそうやないか」

「否定はしませんけどね」

おおっぴらにため息をついて、悟は起き上がった。菅生はあてもなく旅をするのが好きなようで、珍しく部屋に鍵がかかっていると思ったら放浪の旅に出ていた、ということがよくある。この間は、正調東北弁をこの耳で聞くのが夢だと言って《みちのく一人旅》に出かけたが、「電車の中で女子高生が『ちーっす』ゆうて挨拶《あいさつ》しとった。ささやかな夢を壊すやなんて、俺になんの恨みがあるんや」と、帰ってから憤慨していた。こういうドリームも地元民にとっては迷惑だよなと思うが、菅生は構わずしゃべる。

「潮ノ道には前から行ってみたいと思うてたんや。ちょっと調べてみよ、と思うてネットで検索したら、もうすぐこんな面白そうな祭りがあるやんか」

『潮ノ道・灯籠の宵祭り』は、例年九月の終わりの週末に開催される。例年とはいっても、始まってからまだ四年ほどの新しい祭りだ。今年は九月二十七日だと書かれていた。

「この時期ならまだぎりぎり夏休みやしな、この機会に行ってみようと思うねん。ブチ、お前、帰省せえへんのなら実家の部屋はあいてるのやろ。俺を泊めてもらえるように家族に頼んでくれへんか」

後輩の実家に、本人が留守中に泊めてくれというあたりが、萱生の面目躍如というところである。

「先輩、就職活動はどうするんです。忙しいんやないんですか」

「おう、教員採用試験《きょうさい》をすっぱり落ちてきっぱり諦《あきら》めた。親父《おやじ》がやってる居酒屋を継ぐ」

そんなノリで継がれては、居酒屋さんも迷惑だろう。

「言うときますが、観光客寄せのために最近始まった祭りですよ？　はっきりいってショボいですよ？　歴史も伝統もありませんよ？」

「歴史や伝統が食えるか」

「じゃあなんで、祭りなんか見に行くんです」

「ロマンや」

「ロマンも食えませんが」

「ええい、つべこべ言うな。俺を泊めるのか泊めんのか、どっちや。文句があるならじかに交渉するから、ケータイ貸せ」

5

「おっほう、海や！」

窓の外を見ながら、菅生が小学生のような歓声をあげた。新幹線の駅から在来線に乗り継ぎ、潮ノ道まであと数分となったところで、鉄道は海辺に出る。左手には瀬戸の海。対岸の詩島《うたしま》までの距離が狭いところでは五百メートルほどしかないので、大きな河にしか見えない。造船所のレンガ塀の向こうにクレーンが何本もそそり立っている。

詩島と潮ノ道を結ぶ、青と白を基調とした潮ノ道大橋をくぐったところで、鉄路は地形に沿って大きく弓なりにカーブする。悟たちは最後尾の車両にいたので、前方の車両が横腹を見せながら海べりを進むのが見えた。一気に左前方の視界が開け、瀬戸内海がずっと西の先まで見通せるようになる。

思わずふっと息をついたことに気づいて、自分で少し気恥ずかしくなった。見慣れた景色なので菅生のように騒ぐ気分にはならないが、この景色を見ると『帰ってきた』という気分になるのは確かだ。

「おお、あっちの大きな屋根は、寺やな。神社かな」

線路の右手にはすぐそばまで山が迫り、その斜面に積み重なるように民家が並んでいる。今度はそちらを見ながら菅生が言った。大学の授業はここまでほとんどすべて、他人のノートを借りて切り抜けたらしいが、旅先についての予習は怠りないらしい。潮ノ道は神社仏閣の多い町なのだ。土地が狭いので、民家も寺も神社も入り混じっている。

線路は先ほどより少し内陸に入り、左手には並行して国道、さらにその向こうに商店街が長く続いている。菅生はもっともらしく右左と首をめぐらせながら、

「うん、こうしてみると、商店街の店の切れているところが、こっちの山手ではそのまま山を上る道に続いとるのがようわかるな。つまり、昔この町は、海から山へ上る何本もの道を中心に発展していったのが見えてくる。船でこの町に来た者らが、その道を通って山の上にある寺や神社に参詣《さんけい》しとったんやろ。後世になってその参道を、国道と鉄道がぶった切って通ったわけや。……なんや、郷土史の基礎知識やろが。知らんのか？」

「知りませんよっ。先輩だってどうせ、ネットの一夜漬けでしょうがっ」

郷土史のことなんて、小中高を通じて悟の興味の範囲外だったのだ。故郷のことはいつも、そこに住んでいるときは当たり前すぎる。

「もうすぐ駅ですよ。坂道でへたったら置いていきますからね」

言い捨てて立ち上がった。「悟ちゃんは冷たいなあ」と、菅生は気色悪い呼び方をしながらリュックを背負いなおした。

泊めろ泊めろと騒ぐ菅生を断りきれず、かといっていくらなんでも自分のいない実家に彼一人を送り込むわけにもいかず、一緒に潮ノ道に帰るはめになった。

別に帰省に抵抗があったわけではない。この夏は例のショックで何をするのも億劫《おっくう》になり、下宿の畳になかば溶けてへばりついたようにうだうだしていただけだ。母は夏場のエアコンのようにクール＆ドライな女だから、息子が帰ってこないからといって文句を言うわけでもなく、超のつく無口な男である父も同様だったが、それでも顔ぐらい見せたほうがいいに決まっている。夏休みも残り数日ではあるが、結局は遅まきながらの帰省となった。一足先に社会人になった兄は現在広島市内で勤務中だ。通うにはやや遠いということでそっちで暮らしているから、実家に男二人で世話になっても持てあまされるようなことはあるまい。

潮ノ道駅で降りて、さっき鉄道沿いに見えていた国道脇の歩道を少し徒歩で東に戻る。信号や歩道橋のあるところで国道の向こうの商店街のほうを見ると、確かにそこでは店の並びが切れていて、そのまま海岸通りまで路地が通っているようだ。すぐ左手の山側を見ればそこには踏み切りがあり、その先には家々に挟まれた石段が、見通せないほど上まで続く、そんなところが多い。町を空から見た図を思い浮かべ、なるほど、もとは海から山へ南北に上る道が何本もあって、それを鉄道と国道がすぱっと横切った形かと、悟は改めて納得した。子供の頃駆け回った坂道や路地なのに、上から見たところを想像してみたのはこれが初めてだったのだ。

菅生の言葉に感心したと思われるのは癪なので、表情に出さないよう用心しながら様子をうかがうと、この先輩は好奇心丸出しであたりをきょろきょろ見ていてこちらには注意を払っていなかった。と、

「なんや、あれ」

いきなりそういうと、すぐそこにある歩道橋をまるきり無視して、国道を向こう側まで走って渡って行った。交通量の少ない時間帯とはいえ、大胆である。

「ちょ、せんぱい！」

悟は呆《あき》れながらも歩道橋を駆け上がり、後を追った。菅生は渡ってすぐのところに立ち止まっていた。

「何しょうるんですか」

「良い子は真似せんように、ってテロップが出るとこやな」

菅生は悪びれもせずそういうと、国道から商店街に続く路地の入り口に立つ物を、興味津々の目で見上げている。

「面白いもんがあるやんか」

それは古びた山門だった。

「洒落ですか？」

「ネイティブ関西人の誇りにかけて、そんなクオリティの低い駄洒落は言わん。……寺の門だけここに残ったわけやな」

「ああ、そうですね。昔は山手の寺の境内が広くここまで続いとって、ここが門じゃったんじゃけど、そこを断ち切るように鉄道と国道が通ったから、門だけ取り残されたような形になった。俺らは『忘れ門』て呼んでました。……クオリティの低い洒落であいにくじゃけど」

菅生がどんぐり眼《まなこ》でまじまじとこちらを見るのでそう言うと、

「そうやない。お前、駅を降りたら見事にこっちの言葉に戻ったな」

にやりと笑って、菅生は門をくぐって商店街のほうに少し歩いた。どこに行くのかと慌てて後を追うと、すぐ立ち止まって回れ右してしゃがむ。

「こんな面白いもんも、いつも見てたら普通なんやろな」

菅生はうっとりしたように言う。

「へえ？」

大の男二人が何やってるんだか、と思いながらも隣にしゃがんだ。門に切り取られた四角い空間の向こうに、石段が続いているのが見える。

「この門がどうかしたんですか？」

「わからんやっちゃな。こうして見てたら、どんな寺にもある普通の門とその向こうの参道や。そしたら」

山門の向こう、石段の手前をワゴン車が横切った。踏み切りの甲高い音が聞こえ始めた。

「すごいで。寺の境内の風景の中を、車が通る、オートバイが通る、電車まで通る。まるで異次元やんか」

門に縁取られた景色の中を、オレンジ色の二両編成の電車が左から右へと通り過ぎた。不覚にもそれが一瞬、魔法の国の風景のように思えた。

日が暮れかかっても町をあちこちうろつきたがる菅生をなだめすかし、しまいにはリュックをつかんで後ろ向きに引っ張りながら実家に連れ帰った。旅のロマンが食えるわけでなし、腹は減るのである。

6

エアコンおふくろは、菅生が悟の部屋に何日滞在しようが少しも構わないといったが、ただし面倒は全部悟が見ること、とまるで捨て犬を飼うときのような条件を出されていた。悟が子供の頃からずっと、母は自分の実家である商店街の食堂の主戦力として働いていたので、これしきの放任は慣れている。相手が菅生でもあることだし、大騒ぎでもてなす必要もあるまい。超無口な電気技師の父は、いつものように家の中のことにはノータッチだ。

食事だけは母が用意してくれるそうだが、家族と同じで一切特別扱いはしないという。母の帰宅時間の関係で狩野家の夕食は九時からと決まっているので、夕食前に何か軽く腹に入れるのが長年の習慣だ。今日は、うちまでの途中にあるベーカリーでベーグルを買ってきてあった。ここのよりうまいパンは、今のところ大阪でも見つけていない。

二人分のコーヒーをマグカップに入れて二階の自室まで持ってあがると、菅生は窓辺に寄って景色を見ていた。潮ノ道の昔ながらの市街地は、潮ノ道三山と呼ばれる三つの山と瀬戸内海に囲まれた、東西に二キロばかりのエリアだ。三山のうち真ん中の黒曜山《こくようざん》がやや内陸に引っ込み、東の瑠璃《るり》山と西の白珠《はくじゅ》山は海べりまで尾根を延ばしているので、市街地はおおむね弓形をしている。悟のうちはその黒曜山の南斜面中腹にあった。目の前は大きく開け、立体迷路のように斜面に積み重なった街並みも、狭い平地に並行する鉄道、国道、商店街も、その向こうの海と対岸の島も一望できる。昼間ならば晴々したいい眺めだが、彼岸を過ぎて日はずいぶん短くなり、今はすべてが夕闇《ゆうやみ》に沈みつつあった。

「そこの狭い海、潮ノ道水道っていうんじゃけど、東のほうでちょっとくの字に曲がっとるでしょう？　あの形が鶴《つる》の首みたいじゃけえゆうて、あの辺を鶴湾《かくわん》と呼ぶんですよ」

地元民の意地で、ふと萱生に張り合ってしまった。

「サンシ、スイメイやな」

萱生がまた、わけのわからないことを言い出す。

「なんや、知らんのか。この町にゆかりの江戸時代の学者が、この町の景色の美しさを表すのに作った言葉や、いう説があるそうやないか。夕暮れ時、山はもう紫色の夕闇に沈んでいるが、海はまだほのかに明るさを残している、せやから、山紫水明。まあこれは、違う土地で作ったという説のほうが一般的なようやけどな。謂《いわ》れはさておき、この眺めにぴったりの言葉や」

萱生はうっとりしたように窓の手すりに寄りかかった。ネット一夜漬けも侮れないものだ。それにしても、このエロ動画大好き大ざっぱ男がこんな詩人キャラだったなど、二年半も隣の部屋に住んでいて少しも知らなかった。

「気ぃつけてくださいよ。その手すり、かなりぐらついてるんですから」

　腹いせにそう言うと、菅生は目に見えてびびって身を引いた。祖父の代から築五十年のこの家は、いまだに窓枠も手すりも木製なのだ。

　電気を点《つ》けると外の景色も見えづらくなったのか、菅生は部屋の真ん中に置いたちゃぶ台（こんなものもまだ現役だ）のところにやって来た。紙箱いっぱいに膨らんだクルミ入りベーグルに遠慮なく手を伸ばしながら、

「楽しみやなあ、明日の宵祭り」

　うきうきした調子で言う。

「言うときますけどね、ほんまにショボい祭りですからね」

　確か最初は、潮ノ道三山に数多い寺のいくつかが語らって、彼岸の行事の一環として夜の境内に手作りの灯籠を並べたのがこの祭りのきっかけだったはずだ。盆の灯籠流しと微妙にニュアンスがかぶっている気もするが、まあいい。

　それが観光客にも人気だったのかどうか、市役所観光課と観光協会が組んで初めて市営のイベントにしたのが、確か悟が高三だったときのこと。九月最終日曜日に日を定め、潮ノ道の駅前広場や商店街、あちこちの寺や神社の境内や参道に、主催者発表によれば二万個ほども灯籠を並べた。ところが仏罰だか祟《たた》りだか知らないが、この日は天気に恵

まれなかった。降水確率がやや高かったとはいえ午前中は晴れていたので決行されたのだが、午後遅くからびしょびしょと秋雨が降り始めた。

灯籠とはいってもこれほど数が多いと、それほど凝った作りの物はできない。紙を丸めて筒を作り、それが灯籠の、いわゆる火袋にあたる部分となる。紙テープを十文字に渡して簡単な底をつけて、そこにティーキャンドルというのだったか、直径三センチほどのアルミカップにロウを流し込んだキャンドルを置いて火を灯《とも》すというものだ。当然、雨には弱い。紙は濡《ぬ》れそぼる、火は消える、チャッカマンを持った火の守り（ボランティアとして集まった市民たちだ）が要所要所についてはいたが、揃《そろ》いの紺のカッパの肩を濡らしながら悄然と火を点けなおして回っている様子は、眺めていて気がめいってくるようだった。天気がそんなだから、見物人もほとんどおらず、火の守りの人数のほうが多かったほどだ。悟は隣町で模擬試験を受けての帰りに、駅前広場でその模様を見たのだが、こんな冴えない祭りは一度で終わるだろうと思っていた。

菅生はドリームを捨てきれないようで、

「まあそう諦めたもんでもない。ブチかて、最近はこの祭りを見てへんのやろ」

「そらまあ、そうですけど」

その翌年から悟は大学に進学して大阪に住むようになった。夏休みには帰省するが、九月の最終日曜日といえばたいてい大学の後期授業が始まる直前なので、大阪に戻っていた。灯籠の宵祭りが続いていることはなんとなく耳に入っていて、正直意外だったが、最近どころか二回め以後はじかに目にしてはいない。

「サイトの写真見たら、きれいに写ってたやんか。暗い坂道に、灯《あか》りが点々とともって」

「潮ノ道は、写真写りはええ町なんですよ。CMに使われてるの見ても映画やドラマになったの見ても、これどこじゃろうか、と思うほどきれいに写ってます。実際に住みょうるもんの目はごまかせませんよ」

「住んどるもんの目のほうが曇っとるんやないか。現にブチ、山門と寺の間を電車が走る不条理にも気づいてへんかった」

「そんな大層な」

そういいかけたところへ、階下から母親の「ご飯ですよ」という声がかかった。

7

拾った犬の——違うが——面倒は自分で見るべし、といわれていたので、菅生が風呂に入っている間に客用布団を階下の押入れから抱えてあがった。夏用なのでそれほど重くなかったのはありがたいが、あとでシーツを洗って布団を干すところまで自分の担当になるのだろう。やれやれ。

交代で風呂に入り、あがってみると、菅生が二人分の布団を敷いてくれていた。少しは気を遣っているらしいが、どうしてわざわざ斜めなんだ、と問いただしたいほど乱雑な敷き方であった。

「いっぱいやるか」

片方の布団の上にあぐらをかいた菅生はそういって、部屋の端に押しやったちゃぶ台の上から缶ビールを二本取る。渡された缶は冷たかった。

「どうしたんです、これ」

「持ってきた分を、おふくろさんに頼んで冷蔵庫に入れさせてもらった」

「はしかいい（すばしこい）なあ」

いつの間にあの母の機嫌を取り結んだのか、と感心しながらプルタブを開けた。ビールのつまみには向かないと思うのだが、菅生はさっき一つ残していたベーグルをかじっている。

しばらく黙って飲んでいるうちに、やがて菅生がこの男には珍しく、ややためらうように話し始めた。

「ブチよ、俺は今から、極めて無神経でええ加減なことを言う。気を悪うするな」

「びっくりさせんでくださいよ、急にそんな」

「おう、いい加減な発言なんて、いつもの俺に似合わんからな」

「違います。先輩の言うてん（おっしゃる）ことは、断るまでもなくいつも無神経でいい加減じゃけえ、びっくりしたんです」

「混ぜ返すな。……四月に大学であった、『消費者啓発なんちゃら』のことは覚えてるか」

年度初めのオリエンテーションの一つだった、まさしく「消費者啓発なんたら」というような講習会のことだ。催眠商法にSF商法、キャッチセールスなど、売買や契約について学生が巻き込まれがちなトラブルの紹介があり、気をつけるようにと講師から注意があった。ついでに、振り込め詐欺については保護者が引っかからないよう、実家に電話するときは「オレ」でなくちゃんと名前を名乗ること、何かあった場合の合言葉を決めておくといい、などの助言もあった。もっとも悟の母については、あんな手口に引っかかる可能性はないと断言できる。

「あのときの話の中に確か、こんな手口の紹介があったんや。魅力的な異性が偶然を装ってターゲットに近づく。何度かデートを重ねて親しくなったところで、やおら高価な品の契約を持ちかける。契約が済んでしまえば急に冷たくなったり、何も言わずに携帯の番号もアドレスも変えてしもうて、二度と連絡が取れへんようになったりする。……ブチ、今回のお前が振られた話を聞いてて、ひょっとその最後のとこを思い出したんや。お前もしかしたら、そのたぐいのものに引っかかるとこやったんと違うか」

「は？」

悟には、一瞬何の話か把握できなかった。

「せやかて、不自然やろ。そのエリって子とお前と仲良うなった様子、とんとん拍子で急すぎる。そのわりには住まいは教えてもらえへん、家族や仲のいい友達に紹介されたこともない。お前との関係をいつでも断ち切れるように準備してたように思える」

悟は失笑した。

「ばかばかしい。俺、連絡がつかなくなる前に、彼女から何も買《こ》うとらんし契約じゃってしてませんよ。矛盾してます」

「せやから、ええ加減な話やと言うとろうが。あまり信じるな」

言葉だけ聞けば自信無げだが、菅生は開き直ったようにむしろ胸を張っている。

「根拠も何もない。組織的な何たら商法だったのか、それとも個人的に仲間とつるんで美人局《つつもたせ》みたいなものでも企《たくら》んどったのか、確かめる方法もない。いずれにしろ、彼女は何かの方法でお前をカモにしようとしてたが、何か偶然の事情で断念せざるを得なくなった。関係を断ち切る方法だけは、かねての計画通り」

「そんな……『何か』とか『何たら』ばかりの話には、付き合えません」

やにわに頭が沸騰しそうになった悟は、震える指で部屋の入り口をさした。

「根拠もなく彼女を侮辱するなら、ここから出てってください！」

菅生はやれやれ、よっこいせといいながら立ち上がり、別に文句も言わず従った。しかし引き戸を開いて廊下に出ながら、最後に皮肉っぽく、

「えっちに誘うてみ、言うたんは、その辺を確かめるためやってんけどな。結局、させてもろうたんか」

「おどりゃあ、この……」

ケンカのときに使う潮ノ道方言を思わず口走って、悟はベーグルの空き箱を投げつけた。菅生は素早く引き戸を滑らせ、ぴしゃっと勢いよく閉まったそれに、紙箱が当たって乾いた音を立てた。

「やかましいっ！」

階下から母の声が響いてきた。

大きなくしゃみをしてから菅生は、「寝冷えしたんかな」と首をかしげ、悟の差し出したコーヒーを受け取った。夕べ悟の部屋から追い出されたあと、母に頼んで別の部屋に寝かせてもらったかと思ったが、一喝されたのが怖かったようだ。悟の部屋の隣、今は空いている兄の部屋に黙って入り込んで一晩過ごしたという。初めて訪れた家でのその豪胆さは、いろんな意味で尊敬に値する。寝具は置いてなかったので風呂上がりの格好のまま寝たらしく、風邪《かぜ》気味なのだろう。

朝、顔を合わせたときの悟の気まずさといったら尋常ではなかったが、菅生はけろりとしていたあたりも大したものだ。「夕べはすみませんでした」と一応謝った悟に、ものすごく偉そうに「ええわええわ」と答えた。

母はとうに出かけていた。秋の行楽シーズン、しかも土曜日で、今日の食堂は忙しくなるだろう。会社が休みのはずの父も留守だが、仕事人間なので休日に出勤することは珍しくない。

「一晩考えて、つつもたせだか何かの商法だかわかりませんが、似たようなことはあったんかもしれんて気がしてきました。確かに今思えば、あの接近の仕方は不自然じゃった」

遅めの朝食に、台所で差し向かいになってトーストをかじりながら、悟はぼそぼそと話した。遅くまで眠れない中で考えて出した、それが結論だった。

「ものは考えようや。お前のことを嫌いになって連絡を絶ったわけやないと思うたら、気が楽になるんちゃうか」

菅生は慰め顔で言うが、少しも慰めになっていない。

「それまでのことが全部嘘じゃったいうことですもん。よけいへこみます。俺みたいなとりえのない男が、あんなかわいい子に好かれるはずないって、早《はよ》う気づいたらよかった」

「まあ、そう卑下したもんでもない。ブチにはブチの、ええところがぎょうさんあるやんか」

「どこです」

「…………」

「絶句するくらいなら言わんでください」

「おお、そうや。夜の灯籠点灯までに、街を案内してくれんか」

「話をそらすのもやめてください」

「どうせえちゅうねん」

「俺はホンマのことが知りたいんです。彼女の言ったことの、どこまでが本当で、どこまでが嘘だったか」

皮肉なことに、それまでの彼女の愛らしく素直な様子がすべて嘘に見えてきた分、最後に会った日の彼女のおかしな反応だけが、嘘とは思えなくなっていた。悟をだまそうと思っていたのなら、あんなヒステリックなところを見せてはいけなかったはずだ。いつ、どうして気持ちを変えたのだろう？

「無茶言うな。俺に、彼女が気持ちを変えた理由なんかわかるわけないやんか。何かの組織に所属しとったのなら、そこの方針が変わったんかもしれん。仲間とやってたことなら仲たがいでもしたか。警察に目をつけられて足元が危なくなったとも考えられるしな。一人でやってたことなら、単なる気まぐれってこともある」

そういって菅生はトーストの最後のかけらを口に放り込み、

「でも、そやな。思い切り感傷的に考えるとやな。『故郷』の歌を歌うてから、彼女の様子がおかしぃなったて言うてたな。うさぎおいしい、かの山ー」

菅生はきっぱり『美味しい』と歌った。

「もしかすると、お前の歌で懐かしい故郷を思い出して、真人間に立ち返った、なんてどや」

「でも彼女、故郷には帰りたくもない、みたいなこと言うてましたよ」

「そらお前、嫌い嫌いも好きのうち、言うてな」

「それ、ちょっと違うと思います。……第一、歌を聴いて真人間に立ち返ったなんて、恥ずかしいほどベタな解釈ですね」

「……ベタやな」

菅生はさすがに少々照れたように、コーヒーを飲み干した。

「でも、ありがとうございます」

悟はようやく礼を言った。潮ノ道までやってきてうちに泊めてくれと言ったのは、もちろん灯籠祭りを見たかったのではあろうけれど、いつまでたっても振られたことを引きずっている悟のことが心配だったからだと、今ではわかっていた。

「ええよええよ」

菅生は再び、むやみに偉そうに答えた。

8

結局のところ揃って街の見物に出かけることになった。うちの中で男二人、顔をつき合わせていても仕方ないのだ。

昼下がりの坂道をてくてく下り、踏切と歩道橋を渡り、せっかくなので昨日の『忘れ門』をくぐって少し行くと、路地が商店街と交差する。鉄道・国道とほぼ並行して東西に伸びる潮ノ道商店街は、長さだけで言うなら西日本有数、というほど長い。夕方六時になるとどの店も閉店準備を始めるような寂れたところですよ、と菅生には説明していたが、

「ブチよ、えらく賑わっとるやないか」

路地から商店街のアーケードの中に入って、菅生は右左とあたりを見回した。長く続く通りの真ん中あたりに、灯籠が延々と並べられつつあった。老若男女さまざまな者が、重ねた紙の筒を一つずつ外しては二列に並べ、その中にティーキャンドルを置いていっている。紙の筒にカラフルな色彩が乱舞していることに、悟は目を引かれた。最初の年に見た灯籠は白か、せいぜい色画用紙のピンク、黄色、緑といった一色だけのものだったが、今回は水玉や花模様などさまざまに着色され、しかも同じ柄はないようだ。

「おう、狩野じゃないか」

灯籠の準備をしていた一人がひょいと顔を上げ、こちらに気づいた。

「なんじゃ、杉山《すぎやま》か」

高校時代に同じクラスで、よくつるんでいた友人だった。ハイタッチで久闊《きゅうかつ》を叙しつつ（杉山は縦横ともに悟よりかなりでかいので、やや圧倒されてのけぞりつつ）、「何しようるんな」と聞くと、

「見りゃあわかるじゃろ。宵祭りの準備じゃ。地元におると、いろいろボランティアに駆り出される」

そう答える杉山の、釣り人が着るようなベストのポケットからは、チャッカマンと軍手がのぞいていた。

「この祭り、よう続いとるのう。最初の年が全然イケてなかったけえ、俺はてっきり、すぐ取りやめになるか思うた」

そういうと、杉山は濃い眉《まゆ》を寄せた。

「地元におるもんとしちゃあ、町が地盤沈下するのは困るけえの。一度や二度うまくいかんかったからいうて、投げちゃあおれんのよ」

杉山は高校卒業後、地元の市立大学に進学したはずだ。地元を出て進学した悟への皮肉かと思ったが、昔からいたって気の良い杉山にそんなつもりはなかったらしく、こう続けた。

「じゃけえ、若いもんから祭りを盛り上げる知恵を出してくれ、ゆうて大学のほうに市役所から打診があって、学生からいろいろ意見を出したんじゃ」

「潮ノ道大では、そんなこともやりょうるんか」

「小さな町の小さな大学じゃけえの。地域と仲良うせにゃあ、やっていけん」

分別くさいことを言いながら、杉山は手に持っていたカラフルな紙の筒を振ってみせた。

「これもそのとき出たアイデアの一つじゃ。潮ノ道市内の幼稚園や小学校の子供らぁに、自分の好きな絵や文字を書いてもらって、それを灯籠に使う。学校のクラスごとにまとめて置いておけば、子供らが自分の作品を見に来る、その親も、じーちゃんばーちゃんも来る。人が来て賑わうようになれば、自然とほかの者も引き寄せられてくる。三年めくらいからは、市外からもかなりの観光客が、この宵祭りを見に来るようになったんぞ」

確かに通りに並べられた灯籠の模様は、いかにも子供たちが一生懸命描いたようには み出したり不ぞろいだったりしていた。隅には「たける」「麗華」「みのり」「大輝」などなど、名前が書かれている。

「まあ、ずーっとこの商店街を歩いてみい。いろんなんがあって、面白いで」

「ああ。じゃあ、また」

行きかかると、「あ、そうじゃ」と呼び止められた。

「地元民のとっておき情報を教えたる。暗うなったら、忘れ門のところの歩道橋に上がって山のほうを見てみるとええ。あっこからなら、あちこちの坂に並んだ灯籠が見えて、なかなかきれいじゃ」

杉山はそういって、にやりと笑った。

悟が杉山と話している間、母親の立ち話に飽きた小学生のようにそこらをうろうろしていた菅生を回収し、商店街を歩き始めた。杉山同様ボランティアらしい者たちが灯籠を並べ続けている。

「さっきのやつが言うてたとおりや。観光客らしいのも結構いるやんか」

菅生も話を聞いてはいたらしい。

「先輩もその一人ですけどね」

確かに商店街には、灯籠が並べられる様子を興味深げに眺める旅装の若者や夫婦連れが大勢行きかっていた。いつもはこんなに人通りの多い通りではない。

「祭りがうまいこと盛り上がってるみたいやんか。学生の出した意見がそのまま町のイベントに生きるやなんて、おもろいなあ」

「小さい町じゃけえですよ。都会じゃったらこうはいかない」

「せやからおもろいんやんか。……ブチは、なんでこの町を出て関西なんかに進学したんや」

「なんかって、ネイティブ関西人ともあろう人が。うーん、でも……。なんとなく、ですね」

はっきりと意識したわけではないが、この眠ったような町にいてもどうにもならない、という思いがあった。偏差値的にも今の大学がちょうど良く、両親も反対しなかったので、関西に出ることになったのだ。

「なんとなく、です」

そう繰り返すと、菅生は「人生には思いのほか、『なんとなく』だの『何か』『何たら』が多いもんや」と笑った。

だんだんと設置が済んでいったらしく、歩いていくにつれ灯籠が整然と並んでいるのを見られるようになった。近づいて仔細《しさい》に眺めると確かに面白い。自画像らしき絵が描かれたものあり、学校で習ったばかりらしい俳句や短歌が書かれているものあり。

「お、この辺のもおもろいで」

そのあたりには「ピアニストになりたい」「ケーキやさんになれますように」などと子供の字で書かれた灯籠が並んでいた。それぞれ、ピアノの鍵盤《けんばん》らしき絵やイチゴを載せたショートケーキらしき絵が添えてある。

「将来の夢やなりたいものが書いてあるんですね」

「そうらしい。おお、あるある、ヒーローヒロインは定番やな。『かめんライダーになりたい』『プリキュアになりたい』」

「『かんごしさんか、おほしさまになりたい』。よくわからない並列の仕方ですが」

「『しょうぼうしゃになりたい』って、消防車の運転手になるってことやろか」

「どうじゃろう。その子は本気で、消防車そのものになりたがってるかも」

「うわ、こんなんもあるで。『みたにじゅんくんの、およめさんになれますように』。ませとるなあ」

「じゅんくんて子、からかわれるじゃろうな。気の毒に」

「心中、察するにあまりあるな」

次から次へと楽しいものがあって、飽きない。菅生は浮かれた様子で、

「おい、ええこと考えたで」

「なんです」

「この宵祭りで灯籠に願い事を書いたら叶《かな》う、ゆうて宣伝するねん」

「叶った例があるのかどうか知りませんよ」

「ええねん。伝説ちゅうのはそうやって生まれるもんや」

「七夕とも微妙にかぶる感じになるなあ」

「祭り活性化アイデアとして、お前から主催者に提案してもろうたらええ」

「俺からですか？」

「嫌なら俺がいただくで」

え、と聞き返そうとすると、不意に「あんたら、どしたん」と声をかけられた。いつの間にか、母親の実家の食堂の前まで来ていたのだった。母は割烹着《かっぽうぎ》姿で、手に灯籠を持っている。

「どうって、祭りの準備の見物じゃけど。お母さんこそどしたん」

昨夜叱《しか》られた菅生が怖気《おじけ》づいているので、悟が相手をした。

「知らんの？　自分の店の前には、自分で描いた灯籠を置いてええんよ。商店街の店のもんはみんな、思い思いの願い事を書いて置いとる」

筆で「商売繁盛・家内安全」と、実に単刀直入な願い事が書かれたそれを、母は子供たちの灯籠の間に置いた。提案するまでもなく伝説化しつつあるのかもしれない。

「お母さんでも願い事なんてするんじゃなあ」

クール&ドライにしては珍しいと思っていたら、

「地元を元気にしようという企画には協力せんとね。あんたらも賑やかしに何か書いていきんさい。まだ灯籠が残っとるけえ」

母はそういって、夜の営業時間前で「休憩中」と札を出した店の中に二人を招きいれた。一番入り口に近いテーブルに座ると、母は灯籠の火袋にする画用紙と筆ペンを出してくれたが、見守られつつ書けるような願い事など、とっさには思いつかない。しばし考えてから、「Dreams Come True」とオールマイティな言葉を書いた。横目で隣の菅生を見ると、「万願成就」と書いていた。あまり見かけない使い方だが、一万もの願いが叶うように、ということなら、この先輩には似つかわしい気もする。

「この先もうちょっと行ったら、お父さんが火の番しょうるよ」

母の声に送り出されて、二人はうねうねと続く商店街のさらに先を目差した。休日出勤当たり前の父が地域の祭りに協力しているのは、悟としては意外だった。しばらく離れて過ごしていると、故郷も両親も、子供の頃は気づかなかった顔を見せるようだ。

「ブチよ、お前、子供の頃の夢はなんやった?」

歩きながら不意に聞かれて、悟は首をかしげた。

「うんと小さいうちは、『サッカー選手』くらい言うてたかな。でも運動神経が鈍いことは小学校に上がる前にわかったし、その後は、理系科目が駄目じゃとわかるまで、お医者さんになりたいと言うてたような」

「成長というのは、イコール可能性が狭《せば》まるってことでもあるな。俺かて小学生になるまではウルトラマンになりたかった」

「その辺は、可能性以前のような気がしますが」

「それで、今の夢はどうなんや」

首を今度は逆方向にかしげてしまう。

「うーん。今は、ねえ。自分の適性を生かせる会社を見つけて就職することかな」

「お前は就職セミナーを熱心に受講しすぎや」

「悪かったですね。先輩こそセミナーに全然出ずに、大学の就職支援センターから呼び出しくらったんでしょう」

「俺は目標がはっきりしとったからな。本気で教員になるつもりやった」

悟は思わず立ち止まって、菅生のとぼけた横顔を見る。教採に落ちて居酒屋を継ぐなどと言っていたから、そこまで本気とは思わなかった。菅生がこちらを向いて笑った。

「おい、そんなに真剣にとるな。要するに俺は、いつも子供のそばにいることが夢なんや。教員やないとそれができんちゅうわけやない。居酒屋の親父にもできるやろ」

「酒は、二十歳以上でないと」

「アホ。別に商売と結び付けんでもええ。俺の町でもこんな祭りができたら楽しいやろうと思うてな。子供らと一緒にな」

菅生は目を細めて、灯籠の列を眺めた。一万もの願いを抱くというより、一つの願いを叶えるために一万もの方法でも試してみるというなら、彼にはそのほうがさらに似合っている。

悟は思わず言った。

「さっきの、願い事を書いたら叶うって宣伝するアイデア、あんなのでよければもって帰って使うてください」

「アホ」

また言われ、今度は頭もはたかれた。

「あんなのでよければばって、もともと俺が出したアイデアやないか」

そうでした。

習字の時間に作ったものか、今歩いているあたりの灯籠は、筆で漢字一文字を書いたものばかりだった。空、海、森、愛、和……。

「この辺のは多分、好きな字とか大切やと思う字とか、そんな指定やったんやろうな」

「そうでしょうね。あ、『眠』ってのがある。ちょっと方向が違うけど、眠るのが好きなんじゃない」

「絶対『金《かね》』て書いたのがあるで。クラスに一人くらいは、そういうウケ狙いの男子がおるはずや」

「……ホントじゃ、あった」

「ここはオーソドックスやな。『望』に『志』か」

「『夢』もありますよ」

そんなことを話しながら、悟は父の姿を見つけていた。灯籠を並べおわり、所在なくあたりを見回っているようだ。シャツのポケットからは杉山と同じようにチャッカマンがのぞいている。

目が合ったので、「よ」と手を挙げると、親父は「ん」と照れくさそうにうなずいた。

9

午後六時、点灯の時間になると、商店街がざわつき始めた。それぞれの火の守りが、五メートル分くらいだろうか、自分の受け持ち範囲らしい灯籠の中のキャンドルに火を点けていく。灯籠の明かりを生かすためだろう、いつも夜の早い商店街ではあるが、どの店も今日はひときわ店じまいが早く、次々と明かりを消している。アーケード天井の常夜灯も消えていった。それにつれ、灯籠の中で燃えるキャンドルのオレンジ色の火が明るさを増し、火袋にあたる紙に書かれた文字や絵を内側から照らし出した。

父がやたらと緊張しながら点灯するのを見物してから、悟と菅生は来た道を戻り始めた。せっかく杉山に教えてもらったので、忘れ門前の歩道橋から坂道を彩る灯籠の列を眺めようというのだ。商店街の飲食店はどこも、まだ営業を続けている。灯籠の光のためにはすべての店を閉めたほうがいいだろうが、祭りのような書き入れ時にそうはいくまい。営業戦略との兼ね合いだよな、と、曲がりなりにも経営学を学んでいる悟は思った。

商店街にはあちこちに火の守りが立って、灯籠の列を見守っている。火が消えたら点けるためもあるが、もちろん火の用心も必要なのだろう。

「この町のもんは、ホンマに自分らの町を大切にしとるんやな」

菅生がしみじみした調子で言った。

「どうでしょうねえ。俺にはようわからんけど……。でも、子供の頃から思ようた（思っていた）みたいな、ただ眠っている町でないことはわかりました」

この町はもちろん、外の者が夢見るようなパラダイスではない。かといって悟が思っていたように、過去の過ぎ去った夢の中でまどろんでいるわけでもない。地元民のつもりだったが、悟には潮ノ道のことがまったくわかっちゃいなかったのだ。今ここに住んでいる者にとってはまさしくここが生きる場所だ。町自体も日々変化し、したたかに生き延びていく道を探る。

悟が幼い頃近所にいた、いつも攻撃的に身構えていたような女性。あの女性に、潮ノ道はこんな顔を見せていただろうか。彼女は潮ノ道のこんな顔を見つけていただろうか。

「『志を果たして　いつの日にか帰らん』やったかな」

菅生が不意に言った。

「『故郷』の三番や」

「ええ、そうです。『山は青き　ふるさと　水は清き　ふるさと』」

悟が相槌を打つと、菅生は考え考え、

「さっき灯籠の文字見てて思いついた。例のエリちゃんて子な。もしかすると、故郷に帰りとうても帰れんかったんかもしれん。何か大きな夢やの志やの抱いて大阪に出て、学校にも通うて卒業したけど、それがうまいこと叶わへんで……。志を果たして故郷に帰りたい、けど、志を果たせない間は帰れへん、そう思うてたんかも。意地やら面子《メンツ》やらのせいでな。でも、食べてはいかんならん。心ならずも、あまり褒められたもんやない手段で生活費を稼ぐようになって、ますます志から遠ざかる。ますます故郷に帰れへんようになる。ちょうどそんなときやったんかもしれんな、ブチの歌を聴いたのが。それで急に何もかもイヤになって、お前をだまそうとしていた計画もやめてしまって……なんて、やっぱベタやろか」

「いえ。うなずける気がします」

悟はエリが故郷を語った言葉を思い出していた。

『田舎。とにかく田舎やもん。空気がどよんと死んでるみたいで、新しいものや見慣れないものは何でもつまはじき。あんなとこじゃ、やりたいこと、何にもできへん』

それまでの愛らしい口調と違い、口をゆがめて吐き捨てるようだったあの言葉は、間違いなく本音の響きがあった。エリの故郷では、とりあえず彼女の夢には手が届かなかったのだろう。だから都会に出た。しかし、そこでもやはり夢はつかめず、逃げ水のようにますます遠ざかるばかり。それでも故郷には帰れない。夢をつかみ、志を果たすまでは、捨ててきた故郷には帰れない——たとえどんなに帰りたくても。本音のさらに奥には、そういう真実の叫びがあったのではないだろうか。そんな矛盾した気持ちが彼女に、〈悟のふるさとに行ってみたい〉という言葉を言わせたのではないか……。

彼岸が過ぎ、ずいぶん日が短くなっている。二人が忘れ門前の歩道橋についた頃には、あたりは薄暗くなっていた。それこそ「山紫水明」の時刻だ。杉山お奨《すす》めのスポットは地元民の間でも穴場らしく、ほかに人はいない。

歩道橋の階段を上って山のほうを見た二人は、揃って嘆声を上げた。

そこからは正面に黒曜山、左手に白珠山、右手に瑠璃山の、潮ノ道三山が広く見渡せた。三つの山の斜面に刻まれた幾本もの石段の道に無数のオレンジ色の灯りが点じられて、頂上とふもとを結んでいる。光は絶えず揺らめきながら、あたりが刻々と紫の闇に沈むにつれ輝きを増していた。天の光が地へと流れ落ちてくる河のようだ。

「あの中にも、夢を書いた灯籠はあるんやろな」

「そうですね。野球選手になりたいとか、歌手になりたいとか」

「そのうちいくつが叶うかと思うたら、ちょい切のうなるな」

「らしゅうないです、先輩」

「らしゅうないか」

二人は顔を見合わせて笑った。

「今わかりました。俺の夢、というか望みはね」

悟は光の河を眺めながら、改まって言った。

「彼女が、自分の故郷に帰る気になっていればええな、ってことです。どんなところか知りませんけど、彼女が言うてたほど死んでるわけじゃないかもしれん。描いてた夢は果たせなくても、そこで新しい夢が見つかるかもしれん。いや、見つけてくれたらええ」

「おお!」

菅生はぽんと手を打った。

「やっとわかった。それがお前のええとこや」

「遅いです」

「遅いな」

二人はもう一度笑い、それからまた山を見上げた。流れ落ちる光の河は、逆に、地上の夢が天へと昇っていく道のようでもあった。

第二部　短篇の名手

「ブラウン神父」シリーズの作者で「短篇の名手」と呼ばれたG・K・チェスタトンをこよなく愛した光原さん。ご本人も豊かな着想の持ち主で、珠玉の短篇を何篇ものされました。ここではファンタジーと本格ミステリが絶妙に融合した「花散る夜に」、そしてデビュー前に「吉野桜子」名義で投稿された「浪速《なにわ》大学ミステリ研究会」が登場する二篇をご堪能ください。

花散る夜に

丘を上る道は、右手にリンゴ、左手にサクランボの木が規則的に植わっている。その坂を一気に駆け上った竹流《たける》は、頂に建つ家の前でさすがに息を切らして立ち止まった。家のすぐそばには切妻《きりづま》屋根をすっぽり覆うほど枝を広げた大木があり、夏至《げし》の近い今、花盛りを迎えていた。細かい花弁が群れた白い鞠の形の花が無数に枝を埋めて、木全体がまるで綿雲で包まれたような姿になっている。夏の風が吹き抜けてもまだ花が枝を離れる様子はなく、ただ風に揺れるそのときだけ、驚くほど強く甘い香りを放った。風が止《や》むとすぐに香りもわからなくなる。まるで不意によみがえっては消える、昔の思い出のようだ——この木の守《も》りをしていた亡き遠音《とおね》が、かつてそう言っていた。

こんなにきれいなのに、この木は花の名では呼ばれないんだよな、と竹流は思った。この木はマノミの実る「マノミの木」、花は「マノミの花」と呼ばれているのだ。人々がこの木に寄せる興味の中心が、その実だからだろうか。そういえばこの丘自体だって「マノミの丘」と呼ばれている。漬け込んだ酒を飲めば、薬師《くすし》や呪《まじな》い師が見放した重い病が治るというこの果実の不思議な力は、はるか遠い土地からも人々をこの丘に呼び寄せる。

ようやく息を整えた竹流は扉をたたき、「はい」とこたえが返るのももどかしく中に入った。

「なあ、初音《はつね》。今朝思いついたんだけど、マノミはいつも酒に漬け込んで使ってるじゃないか。発想を変えてみたらどうだろう。たとえば酢に漬けてみて、肝心の薬効だけ残るかどうか試して……」

挨拶も前置きも抜きでまくしたてた竹流の声はしかし、相手の表情を見ているうちにだんだん小さくなった。

入ってすぐの部屋は、このあたりの村によくあるように、台所と食堂、そして気の置けない客が訪ねてきたときの社交の場も兼ねた空間になっている。鍋からスープらしきものを瓶《かめ》にうつしていたこの家の主は、竹流にほとほと呆れたという顔を向け、片手に持ったひしゃくを部屋の奥に向けて振ってみせた。

「右の戸棚の上から三段目、左から二つ目の綴り。確かその話が載っていたわ」

おさななじみである初音は、いつものように必要なことだけしか言わない。これは駄目だとわかったが、それでも確かめずにおくのは気がすまないので、食堂の右手奥にある戸を開けた。初音の亡き祖父・遠音が書斎として使っていたその部屋に入ると、古い紙の匂いに迎えられた。書物と紙綴りがぎっしり詰まった大きな書棚が二つと飴色に古びた机が、遠音の生前のまま置いてある。続きの奥の部屋は寝室として使われていたので今も寝台が置かれたままらしいが、そちらの部屋の中は見たことがない。

こっちの書斎には、調べ物や書き物が好きな竹流はよく出入りさせてもらっていたので、勝手を知っている。書物が日に灼けないようにいつも閉めてある鎧戸《よろいど》をまず開けた。斜めに差し込む日ざしに沿って、細かいほこりがちらちらと光った。初音に言われた綴りを取り出して机の上に広げる。代々のマノミの木守《こも》りが残した書き付けを、遠音が分類してまとめたものだ。薄茶色に変色した紙をいためないよう、慎重にめくって読んだ。

しばらくしてため息をつきながら食堂に戻ると、初音の「納得した？」というそっけない声に迎えられた。「まあ、ね」と言葉を濁す。こんなやり取りは初めてではないが、今回の思いつきはかなり目新しいのではないかと思っていただけに、少々落ち込んでいた。

「それじゃ、この瓶を裏の井戸に持っていって、冷やしてちょうだい」

今年十八になる初音は竹流よりたった一つ年上のくせに、どうも偉そうだ。それに人遣いが荒い。そう思いながらも逆らうことはせず、蓋をした瓶を持ち上げた。

さっき入ってきたときの匂いからすると、中身は玉ねぎのスープらしい。ここ数日、夏の訪れを感じさせる晴天が続いているので、冷たいスープはいいもてなしになるだろう。

斜面を果樹畑に覆われたこの丘には、頂に建つこの初音の家とその裏手の一回り小さい小屋以外に建物はない。初音の家の裏口から出ると、その小屋の表戸がちょうど正面にくる。初音の家を訪れる、というよりマノミを求めてくる客人がいつも使う宿所だ。今回の客人を泊めるには質素に過ぎるかもしれないが。

二つの建物に挟まれた井戸のそばに浅い木の桶が置いてあったので、竹流は井戸から汲み上げた水をその中に注ぎ、運んできた瓶をつけた。

戻ると、卓の上に焼き菓子を載せた皿が用意されていた。初音が手作りの菓子を切ってくれたようだ。爽やかな風味の薬草茶のカップも添えてあった。そっけないわりに面倒見のいいところは、子供の頃から変わっていない。竹流は覚えていないのだが、幼い頃、当時からしっかり者だった彼女におもらしの始末までしてもらったことがあるらしい。今でも彼女に頭が上がらないのは、どうもそのあたりに原因があるのだろう。

仕事が一段落したのか初音も、紺の格子縞の前掛けをかけたまま、薬草茶のカップを前に腰を下ろした。

「今回の思いつきは、いい線行ってると思ったんだけどなあ」

そう言いながら、キツネ色に焼けた菓子にフォークを入れる。中にはサクランボの実が焼きこんであり、甘酸っぱい果汁が生地に浸みていた。

「代々のマノミの守りの伝統を侮《あなど》るんじゃないわよ」

菓子の旨さと裏腹に、初音の言葉には容赦がない。

「別に侮ってるわけじゃないけどさ」

口ごもりながらも、見通しが甘かったかなとは思う。亡き遠音が長年考え、工夫を続けながらもとうとう見つけられなかったマノミのより良い利用方法、自分が後を継いで見つけたいと思っているのだが。

「そんなことでわざわざ来るから、『見回り組』じゃなくて『暇あり組』だって言われるのよ」

ますます辛辣《しんらつ》な言葉に、さすがの竹流もむっとした。初音が一人暮らす丘の上のこのうちは、ほかの家から少し離れてはいるが、この丘を下ったすぐのところにある茉莉花《まつりか》村に含まれている。村に住む男衆の有志は、村でなにごとか起こったときすぐ対処できるよう『見回り組』というものを作っていて、竹流もその一員だ。とはいえ静かな茉莉花村ではせいぜい、一軒きりの居酒屋で酔っ払いがケンカを始めたときの仲裁くらいしか仕事がなく、口の悪いおばさんたちには『暇あり組』などとからかわれるのだ。人との噂話に興じる趣味のない初音までその言葉を知っていたのは業腹《ごうはら》だったが、村が平穏で見回り組がヒマだというのは、まことに結構なことではないか。

「『そんなこと』だけのために来たわけじゃない。かしらに言われて、マノミが入り用な大事な客人を今日ここに案内するって伝えに来たんだ。だけど、知ってたみたいだな」

「どうして？」

「スープを冷やすなんてもてなし料理を準備してたからさ。自分ひとりの食事にそんな手間はかけない。このサクランボの焼き菓子だって、いつもの菓子より上等だ。お客に出す分のお相伴《しょうばん》だからだろ？」

初音が珍しく愉快そうに笑った。

「相変わらず頭を無駄に遣ってるわね。夕べ卵を分けてもらいに村まで降りたら、具合が悪そうなお客が村長さんのうちにいるって、卵売りのおかみさんが言ってた。遠来の、それも身分の高い人たちだから、村長さんちでは上を下への大騒ぎでもてなしてるんですって？　遠くからこの村にやって来て、具合が悪いのに薬師の日向《ひなた》先生のところに泊まるわけでもないってことは、マノミに用があるとしか思えないじゃない」

「お前こそ、よく頭が回るよ」

竹流は膨れ面のまま言い返した。初音は壁の暦に目をやって、小さく首を振った。

「今夜は青葉月の満月か。……よりによって今日でなくてもねえ」

「何のこと？」

「たいしたことじゃないわ。それより、そんなに大層なお客なの？」

初音はさほど興味もなさそうに聞いた。不思議な木の実を一人で世話して暮らすこのおさななじみは、ひどく浮世離れしている。わかっていながら、竹流はつい力んでしまった。

「そりゃもう。サクランボの焼き菓子ぐらいじゃ、もてなしには足りないくらいの」

「いらないのなら返しなさい」

初音がおっかない顔で皿に手を伸ばしてきたので、竹流は慌てて焼き菓子の残りをほおばった。

お客人は（竹流は胸をたたいて、あやうく喉につかえそうになった菓子のかけらを呑みこみながら言った）、初音も知ってるだろ、ここから馬で十日ばかり行った先にある、耀海《かぐみ》ってでかい邦《くに》。そこの領主さまと奥方なんだ。もちろんおつきの者も大勢いるんで、村長さんのうちにはお二人だけが泊まって、ほかはあちこちのうちに分かれて厄介になってる。そのせいもあって村中が大騒ぎなのさ。耀海のご領主といえば知ってるだろ、二代続けて有名な……。え、知らない？　おまえ、本当に世間のことには興味がないんだなあ。

今のご領主さまもずいぶんお若いけど、先代もお若かった。二人はご兄弟で、早くに相次いでご両親を亡くしたから、兄上があとを継ぎ、弟君がそれを助けて耀海の政《まつりごと》を行っていたんだ。兄上の大河《たいが》さまは、お人柄は高潔、勇猛果敢でいながら思慮深く、剣の腕も天下無双と、若いながら並ぶもののなき君主だった。それを助ける弟君の蒼波《そうは》さまも、人柄・武勇共に大河さまに劣らぬ英雄だから、耀海はまずは安泰だったわけだ。大河さまが三年前に奥方を迎えられて――ああ、奥方というのは子供の頃からのいいなずけで、こちらも早く身寄りを亡くしたので、引き取られて一緒にお城で育ったんだと。おさななじみ、それとも家族同然だよな。名前は水澄《みすみ》さま、だったかな。たいそう美しく気高く賢い方で、領民たちにも「金剛石の御方さま」と呼ばれて崇《あが》められているって。こうして領主さまが身を固められ、耀海の邦《くに》全体の気分が華やいだとたんに、悲劇が起こった。大河さまがいかに英明な方でも、お若いだけに油断があったんだな。ご夫婦で、ほんのわずかな供だけ連れて領地の外れの館にお出かけになった。山の中の湖のほとりで、それは景色の美しい梨木《なしき》って土地だそうだが、その地に住む人々の心まで美しいとはいえなかった。いや、そいつらにはそれなりの言い分があったんだろうが、少なくとも領主さまに不満を抱く者たちがいたってことさ。そいつらが徒党を組んで、領主さまたちが滞在していた館を焼き討ちにした。多勢に無勢、お供はみな討ち取られ、勇猛な大河さまも追い詰められた。

そこへ駆けつけたのが、弟君の蒼波さまだった。蒼波さまは兄上夫妻に同行せず、城を守っていたんだけど、反乱の兆しありという知らせを受けて手勢を引き連れ、くだんの館に走った。館は炎上していた。蒼波さまは大河さまご夫妻を救い出すため、止める家来たちを振り切って館の中に飛び込んだ。時すでに遅く、最後の叛徒《はんと》と相打ちになった大河さまは倒れて息絶えていたが、水澄さまはそのそばで意識を失っているだけだった。蒼波さまはどうにか義姉上《あねうえ》を担いで炎の中から逃れ出たんだ。劇的な話だろう？

その後、水澄さまと蒼波さまは結婚し、蒼波さまが次の領主さまになった。いや、順番は逆だったかな？　とにかく、お二人は年も近い、一緒に育ってきて気心も知れているし、揃って領民たちに慕われているし、それに何より水澄さまを命がけで救い出したのは蒼波さまだったわけだからね。みんなに祝福されて、今まで幸せに暮らしておられたわけさ。

ここまで黙って聞いていた初音は、感激する様子もなく「ふーん」と言った後、「お人よしの竹流が好きそうな話ね」と付け加えた。

「どういう意味だよ」

「別に。あたしは人が悪いから、いろいろ考えてしまうってだけのことよ。それよりそのご夫婦どちらかが、マノミが入り用なわけね」

「ああ。奥方の水澄さまが重い病にかかってしまったんだと。このうえはどんな病でも治すというマノミにすがるしかないと、風の噂を頼りにやってきたらしい」

「風の噂ねえ。マノミの厄介なところは、ちゃんとご存知なのかしら」

「大体のところはわかってるらしいよ。……マノミ酒を飲んで命が助かったら、その代わりに」

言葉の途中で表の扉が開く音がした。振り向くと、扉を大きく開け放っていたのは旅装のマントを羽織《はお》った体格のいい男だった。まだ二十代半ばだろうか。やや険しいが整った顔だちで、右頰には引きつれた火傷《やけど》の痕がある。当時義姉だった奥方を炎の中から救い出したときの勲章だろう。紺青《こんじょう》色の瞳の光が、射抜くように鋭い。

「蒼波さま」

竹流は慌てて立ち上がり、頭を垂れた。平穏な村の暮らしが性に合っている竹流だが、命がけの冒険をくぐりぬけて邦《くに》を支える若き領主は、太陽のように憧れずにいられない、同時にまばゆすぎて直視するのさえ憚《はばか》られる存在だったのだ。

とはいえ領主を見るのはこれが初めてではなく、昨晩一行がこの村に着いて村長の家にやって来たときに、物見高い村人たちと一緒に庭の外から押し合いへし合いしながら眺めた。そのときも、若さに似合わぬ落ち着きのある方だとは思ったが、こうして近くから見るとそれどころではない、どんな相手でも従わせてしまうような威圧感を放っていた。太陽というよりむしろ、夜空に冴える月のような静かな迫力だ。

「堅苦しい虚礼は不要だ」

蒼波は響きのいい声で言うと、大股で台所に歩み入ってきた。

「虚礼は不要でございましょうが、礼儀は守っていただきとうございます」

初音の無愛想な声に、竹流は冷や汗が湧き出るのを覚えた。このおさななじみの度胸がいいのは知っていたが、ここまで大胆不敵だったとは。

「どういう意味だ」

蒼波は眉をあげて問うた。初音は腕組みをして立ち、恐れ気もなく大柄な相手を見上げている。まだ前掛けをかけたままなのが、状況に不釣合いだが。

「このあたりでは、他人の家を訪《おとな》うときは戸を叩いて許しを得てから入るというのが習慣になっております。それから、訪ねていった側がまず名乗るとも」

鋭い眼でしばし初音を睨んでいた領主は、やがて頰を緩《ゆる》めた。

「城では領主の子に対して、そのような礼儀を教える者がいなかったからな。許せ」

思いのほかの率直さで詫びると、領主は言葉を改めた。

「耀海の領主、蒼波という。奥の病をマノミで治してもらいたく、ここまで訪ねてきた」

「おわかりいただければ結構です」

初音は前掛けを外しながら言葉を継いだ。

「それではご病人を、お泊まりいただく部屋にご案内しましょう。もうこちらにいらしていますね」

「無論だ」

蒼波はマントを翻《ひるがえ》し、先に立って外に出た。竹流はでんぐり返りそうだった胃の腑を押さえながら、小声で初音に言った。

「おまえ、どこまで怖いもの知らずなんだ」

「別に。やたら偉そうな奴、大嫌いなのよ」

その言葉そのまま返したいと思いながら、竹流はおさななじみの後に続いた。

家の正面には上等なこしらえの輿《こし》が据えてあった。周囲には担ぎ手と侍女らしき数人が控え、その後ろには鎧で身を固めた武人たちが、ぴしりと姿勢を正して立っていた。

先の領主が非業《ひごう》の死を遂げたからか、耀海からこの茉莉花村までは安全な街道をたどるだけにもかかわらず、蒼波は五十人もの護衛を連れてやって来たそうだ。さすがに今日は、この丘に上るだけの護衛に全員は必要ないと思ったのだろうが、それでも武人の数は十人を下らない。彼らのさらに後ろには見回り組の面々が顔を並べている。お迎えする村の責任上、警護の手伝いについてきたものであろうが、こちらは野次馬とかわらないまとまりのなさでよそ見をしたりおしゃべりをしたり、かしらの笛吹《うすい》からして大あくびをしている。見回り組の一人である竹流からすれば、嘆かわしいこと限りない。

蒼波は輿に歩み寄った。

「具合はどうだ」

その呼びかけに、日よけのため垂らされた布で見えない輿の中から、澄んだ声がかえった。

「大事ありません」

侍女の手を借りて輿から降りた妃は、やや窶《やつ》れは見せているが美しく気品のある女性だった。白い絹の衣が、曙の光をまとっているかのようだ。

「あなたがマノミの木守りですね。このたびは面倒をかけます」

進み出た初音に向かって妃は会釈した。挙措《きょそ》はしとやかだが、さすがに数奇な運命を乗り越えてきただけあり、琥珀色の瞳の光は意志の強さを示していた。まさしく「金剛石の御方さま」という呼び名にふさわしい、と竹流は思った。

今度はちゃんと礼儀を心得て深く頭を下げた初音は、いつもどおり単刀直入に言った。

「ご用件はわかっておりますので、裏の宿所でご説明します。マノミ酒を差し上げるのに面倒はありませんが、お飲みになった後で何が起こるかを知っておいていただかないと、あとで揉めごとが起こっては困りますから。ご存知だとは聞きましたが――マノミ酒は病を治す代わりに、一番愛するものの記憶を奪うことを。だからこそ『魔の実《マノミ》』と呼ばれていることを」

裏口から台所に戻ってきた初音は、元通り紺の前掛けをかけた。宿所に案内した領主夫妻に今しがた、冷製スープとパン、サクランボの焼き菓子の昼食を出したところだが、早速《さっそく》夕食の準備のためか、棚から鍋や器を取り出し始める。

「どうだった？」

卓について手持ち無沙汰に待っていた竹流が尋ねると、

「確かに重いご病気のようね。今はまだ看病が必要なほどの状態じゃないけれど、このまま進めば確実に命を落とす。助かりたければマノミ酒の力に賭けるしかないわ」

初音は薬師ではないが、祖父の薫陶《くんとう》を受けてある程度の医術の心得があった。人の命を左右するマノミの木守りとして必要だからだ。

「さっきの様子では、やっぱりご存知だったみたいだな、マノミのこと」

初音のあの簡潔な言葉に、蒼波も水澄も黙ってうなずいただけだったのだ。

「そうね。詳しいことはいま説明してきたけれど」

手の施《ほどこ》しようのない病や怪我を治す代わりに記憶を奪う——こんな奇妙な果実の生《な》る木は、竹流の知る限りこの丘に立つ一本きりしかない。茉莉花村はもとより、ほかのどこの土地にも、マノミのような実ができるとは耳にしたことがなかった。代々のマノミの木守りの記録にも書かれていないと、現在の木守りである初音は言っている。

マノミはちょうど大人のにぎりこぶしほどの果実で、黄金《きん》の光沢を帯びた緑色をしている。ひどく硬くて刃物さえ通らないほどだから食べることはできないが、不思議な薬効があり、それを利用するには酒に漬ければいいとはるか昔の誰かが気づいたらしい。三年以上マノミを漬け込んだ酒を飲むと、ほかに助ける手立てのない重い病や怪我がたちどころに治ることがあるのだ。

この不思議な実の生る木を世話してきたのが、初音の家系であった。代々の木守りはマノミ酒の効き方を詳細に調べ、検討し、記録してきた。その結果が、遠音の書斎に残されていた大量の綴りである。それによれば、領主夫妻が頼ってきた「マノミ酒はどんな病でも治す」という噂はあまり正確なものではなく、まるで効き目のないときもある。どうやら病の種類や進行状態とは直接関係ないようで、ひどく重篤な、いや、もう瀕死としか思えない状態の病人でもあっさり治ることがあると思えば、同じ病で、まださほど重くない状態なのに治らないこともある。それは病そのものより、病人の『寿命』『天命』としか言いようのないものと関わっているようだった。

だから病人にマノミ酒を飲ませるとしても、効くかどうか事前に判断する方法は見つかっていない。しかし木守りたちの記録によると、マノミ酒を飲んだ病人が助かるかどうかはすぐわかる。マノミ酒が薬効を表す場合、病人はすぐに眠りに落ちるからだ。声をかけても揺すぶっても反応のない深い眠りで、途中で起こす手立ては無く、自然に目を覚ますまで待つしかない。その眠りの長さは人によって多少異なるが、ほぼ二昼夜

（このうちに宿所が必要なのはそのせいで、その宿代はマノミの木守りの生計《たつき》の一部になっている）。病人がその眠りから覚めたときには病も怪我もすっかり癒《い》えているのだが、薬効が望めない場合はそのような眠りに落ちることがないので、簡単にわかるのだった。

しかしマノミ酒の「厄介なところ」とは、もちろんそんなことではない。この酒によって病が癒えて目覚めたとき、病人は、もっとも愛していたものの記憶をすべて失っている。伴侶や恋人であったり、親や子であったり、あるいは親友、場合によっては人間でなく可愛がっている馬や犬ということもあるが、病人の人生の記憶の中からその存在が、きれいに切り抜かれたように喪われてしまう。そのものにまつわること、そのものに対してしたこと、そのものからされたこと、すべてを忘れてしまうのだ。

そのときの心中がどのようなものか、本人にもうまく説明ができないらしい。祖父の後を継いでから、既に何度もそんな場面にたち会っている初音がそう言っていた。たとえば伴侶の記憶を失った場合、所帯を持って二人で暮らした家の庭の花壇にどんな花が咲くか、というような細かいことまでちゃんと覚えているのに、所帯を持った事実もその相手のことも、すぽりと抜けている。あなたはそこでこの人と夫婦として暮らしていたのだと教えると、家の記憶がある以上そうなのだろうと納得はするが、思い出そうとしても果てしないうつろを覗き込むようで、途方に暮れるばかりなのだそうだ。最愛のもののことを忘れて寂しい、辛いと思うことさえできず、そこにはただただ、うつろがあるばかりだという。

　さらにこの作用には奇妙な律儀《りちぎ》さがあって、記憶をなくすのはただ一人、あるいはただ一つのものだけ。複数のものを忘れることはない。

「子供が何人もいる親だったら、どの子も同じくらい愛しているもんだろう。そういう場合はどうなるのかな」

　初音に聞いたことがある。彼女は「どうかしら。親子といっても、相性のよしあしはあるみたいだけどね」と冷淡なことを言ってから、

「でも、そうね。人の気持ちには波があるでしょう。具合が悪い子供のことが特に気にかかったり、口ゲンカしたばかりの子供より慰めてくれた子供のほうが可愛く思えたり。同じくらい愛しているものが複数いたら、マノミはそんなごく短い気持ちの波に反応して、その日そのとき一番気にかかっているものの記憶を奪うみたい」

　とすると、二人のきょうだいの間で、母親に忘れられる子供と忘れられない子供がいる場合もあるわけだ。一体どちらが辛いことか、それならいっそ両方の子供の記憶を無くしたほうがお互い楽かもしれないのに。命が助かるのはありがたい薬効だが、あまりにも残酷ないたずらをする実だと、竹流は憤懣《ふんまん》やるかたない。

　代々のマノミの木守りも同じことを考えたようで、書類綴りの中には、記憶を無くすという副作用なしにマノミの薬効だけ利用できないものかと工夫を凝らした様子がたくさん書き残されていた。初音の祖父・遠音もとりわけ熱心に研究していた一人だ。だが

今のところ、成功した者はいない。竹流は自分がその研究を受け継ぎたいと思っていた。もともと、物事を考えつめるのが好きなのだ。腕っ節にはからきし自信がないのに見回り組に志願したのも、村で何かことが起きたとき、腕ではなく頭を使って役に立てることがあるかと思ってのことだった。今のところただ一度の実績は、村長の家のアンズの実を盗みに入った子供が、ぬかるんだ地面に残る足跡の向きをごまかすため後ろ向きに歩いて行ったことを、体重の掛け方の不自然さから見抜いて犯人を突き止めたことぐらいだが。それに、アンズを食べ過ぎた子供がひどい腹痛を起こし、泣き泣き白状して薬師の厄介になったので、竹流が見抜かなくても露見したのではあるが。

それはさておき、マノミの薬効だけをうまく利用するため、できたマノミ酒を沸かしてみてはどうだろう、物覚えのよくなるほかの薬草酒と合わせて飲んでみては、酒に漬け込む前のマノミを日に干してから使ってみては、などなど、考えついては初音に知らせるのだが、そのたび初音は、過去の木守りが既にその手を試しては失敗していることをたちどころに指摘する。初音が過去の木守りの記録を詳しく読み込んで覚えているのにはそのたび驚いていた。今回も、酒以外のものに漬けてマノミの薬効を引き出せないかと考えたのだが、やはり駄目だった。過去の木守りが酢だけでなくおよそ人間に飲めるあらゆるものにマノミを漬け込んで試し、うまく行かなかったことが記録されていたのだ。いずれの場合も、効き目を表す眠りが訪れないか、眠りが訪れて命が助かったらやはり記憶が消えているか、どちらかだったようだ。

愛する人の記憶を失った者の戸惑いも、愛する人に忘れられた者の嘆きも、遠音と初音から聞いてよく知っている。今回もまた、そんな悲しみに遭遇するかと思うとやりきれなかった。

「奥方様は、やっぱりマノミ酒を飲むって？」

そう尋ねると初音は、「多分ね。心の準備があるだろうから今晩まで待つと言っておいたけど。暇なんだったらこの野菜を洗ってきて」とついでに命令してきた。慌てて立ち上がり、ニンジンやイモの入った洗い桶を受け取る。

裏口から出るとつい宿所のほうをうかがってしまうが、中は静かで、変わった様子はなかった。話し声までは聞こえてこない。宿所には今、蒼波と水澄の二人だけだ。無双《むそう》という名のいかめしい顔の護衛隊長は主君のそばを離れることに抵抗を示し、

「大河さま亡きあと、蒼波さまはわれわれに残されたただ一人の主君にしてたった一つの希望。危険は冒せません」

そう言い張ったが、宿所と言っても一間きりの小屋、いわば夫婦の私室のようなところに立ち入ることはできない。それならばすぐ隣にある初音のうちに控えていたかったようだが、こちらは初音が、知らないこわもての男たちに広くもない家の中をうろうろされるのはイヤだ、とにべもなく断った。危うくひと悶着あるところだったが、見回り隊のかしらの笛吹が、

「もういいでしょ。この村はほんとに暢気《のんき》なとこで、不心得者なんているわきゃないけ

ど、ましてここは丘の上にあって周りが丸見えなんだから、上ってくる者がいたらすぐわかりますよ。あんたらとうちの見回り隊のもんで、この二軒を外から取り巻いて用心してればいい。さいわい寒い季節じゃないしな。ああ、竹流、おまえ伝令ね伝令。ここんちでおなじみなんだから、中にいさせてもらって、何かあったら走ってきて俺たちに知らせな。はい、決まり決まり」

とまくし立てた。面倒を回避するには神業《かみわざ》的な手腕を発揮する中年男だ。どうして見回り隊のかしらをやっているのかわからない。いや、逆にその仕事に向いているのか？ともあれ無双も不本意そうに同意したので、いま男たちは、丘の頂上にある二つの建物をぐるりと取り巻く形で配置されている。

洗い桶をいったん井戸端に置いて、建物の間から見晴らしのいい場所に出てみると、少し離れたところで男たちが思い思いの姿勢で見張りの仕事をしていた。気が緩まないようにとの配慮か、領主の護衛と見回り組が一人ずつ組になっているようだ。片膝を立て、地面に置いた剣に右手を置いて、何かあればすぐさま立ち上がれる体勢でいる無双の隣には、腕枕をして寝そべった笛吹がいる。ヒマな笛吹が何やかや話しかけるのに、無双は木で鼻をくくったような返答をしているに違いない。

野菜を洗って台所に戻ると、初音は当たり前のように皮むき用の小刀を渡してきた。逆らわずに仕事にかかりながら、調理台の上で粉を練っている初音の後ろ姿に向かって竹流は言った。

「マノミ酒を飲んで病が治ったら、水澄さまは蒼波さまをお忘れになるんだろうな。お子様はいらっしゃらないそうだから、水澄さまにとって一番大切なのは蒼波さまに違いないし」

「どうかしら。本当にそう思う？」

初音が勢いよく振り向いた。

「竹流は、いろいろ考えるわりに単純だから羨ましいわ」

「嫌味かよ」

ぼやいた竹流を無視して初音は続ける。

「水澄さまは、蒼波さまを愛しておられるかしら。命がけで助けてもらってその後結婚したのだから、嫌ってはいないでしょうよ。だけど、一番かどうかはわからない」

「えっ」

竹流は、ニンジンの皮をむく手を思わず止めてぽかんとした。初音が難しい顔に似合わず鼻の頭に白い粉をつけているのがちょっと滑稽だったが、言葉の内容には笑うどころでなく、慌てて声をひそめる。

「めったなことを言うなよ」

初音も同じように低い声になるが、話はやめない。

「だって、この仕事をしていれば珍しくもなんともないわ。忘れるべき相手のことを忘れない、なんてことは」

マノミ酒のいたずらがもたらすもう一つの問題、病が癒えて目覚めた元病人が、一番愛しているはずの、だから忘れているべきはずの相手のことを忘れていないという悲喜劇は、意外によく起こるらしい。子供が親のことは忘れないで姉のことを忘れている、といった家族の間でのことならば、多少ぎくしゃくしたり気まずい思いをしたりということはあっても、当事者同士でなんとか折り合いをつけられる。しかし、目覚めた妻が夫のことを覚えていて隣のうちの旦那のことを忘れていたら、二組の夫婦の存続に関わるおおごとだろう。

「ことに水澄さまは、前のご夫君を悲惨な形で失ってるわけでしょう。その方への想いがまだ強く残っていたら？……先に死んでしまった人にはなかなか勝てないものよ。ましてその人が、誰もが認める素晴らしい英雄だったとすれば」

否定する言葉が見つからず、竹流は皮むきの仕事を再開しながらつぶやいた。

「とすれば蒼波さまは、忘れられるのと忘れられないのと、どっちが辛いかな。命がけで助けるほど愛している人に」

「それも、どうかしらね」

初音は苛立《いらだ》っているようだった。多分、いろんなことを考えすぎてしまう自分に。

「蒼波さまにとって水澄さまは、確かに大切な存在には違いないわ。領民たちに崇拝されていた前の領主の奥さんで、その人自身もとても崇められているというなら、あだやおろそかには扱えない。後を継いで領主になる以上、その人と結婚すれば万事丸く収まると思ったのかも。結婚が領主になるための手段だったとまでは、言わないけどね。……だから大切な存在に決まってるけど、愛しているのかしら？」

「そこまで考えるか」

さすがに呆れると、初音は竹流の視線を避けるように調理台のほうに向き直りながら、言った。

「だって気がつかなかった？　あの二人、一度も目を合わそうとしなかった。うちの前でも、さっき宿所で説明している間もそうだったのよ」

そういえばそうだ、と竹流は思い当たった。どこかよそよそしい雰囲気だったのを、身分の高い人たちの慎ましさのせいだろうと思っていたが……。蒼波は水澄のほうに、水澄は蒼波のほうに、折に触れ目を向けてはいたが、確かにその紺青と琥珀の瞳は決して出会うことがなかった気がする。

肉入りパイ温野菜添え、キュウリの酢漬け、薬草茶。食後にはリンゴ。時季はずれだが、地下蔵で保存しておけばほとんど風味が落ちない、初音の果樹畑自慢の実である。それらの夕食を、皮むき用の小刀も添えて大きな盆に載せると、初音は作りつけの戸棚の一つを開けた。そこには瓶がずらりと並んでいる。初音はそのうちの一つを抱えておろした。中にはマノミ酒が入っている。酒にマノミを漬け、かびがこないよう気をつけて保存しておくと、マノミの薬効がだんだんと酒の中に溶け出して、三年以上たつと例の力を持つようになるのだ。

初音がひしゃくでグラスに注いだマノミ酒は、木洩れ日を思わせる淡く緑がかった金色だった。夕暮れ時を迎えた部屋の中でかすかに光を放っているようで、大切な思い出を奪うような悪さをするとは思えないほど美しい。

「それじゃ、あんたはそっち持ってね」

「えー」

竹流が顔をしかめるのに構わず、初音はマノミ酒のグラスを持ってさっさと裏口に向かった。竹流は仕方なく、重い夕食の盆を捧げ持って後に続いた。慎重に慎重に、ひっくり返しでもしたら初音にどれほど絞られるかわかったものではない。

宿所の中は驚くほど質素だ。使える部屋としては一間きり。表戸を入ると、正面の壁にはすぐ裏口があり、その横に窓がある。窓のそばには寝台が一つ。マノミ酒を飲んだ後、深い眠りに落ちる病人を寝かすためのものだ。付き添う者のための寝台がないのは、目覚めたときの病人を混乱させない用心だった。病人にとってはその付き添いが最愛の人で、つまり目覚めたときは赤の他人になっている場合も多い。目覚めたとき隣のベッドに見知らぬ人物が眠っていたら、誰でも驚くだろう。そんなわけだから、病人が目覚める頃には付き添いを部屋から出させ、マノミの木守りだけが残って状況を説明してやることになっていた。ほかにあるものといえば、食卓としても使う机と椅子が一つ。どうしても病人のそばを離れたがらない付き添いは、病人が目覚めることはまずない最初の晩ぐらいならこの椅子で過ごさせることもある。右の壁には大きめの櫃《ひつ》が置いてあり、滞在する者の荷物を入れておける。その隣に並ぶ小部屋は手洗いと浴室。それが宿所のすべてだった。

　領主夫妻はくつろいだ部屋着に着替えていたが、雰囲気はやはり、まるでくつろいではいなかった。奥方は寝台で大きな枕に寄りかかって身を起こし、領主は椅子に座っているが、寝台と椅子の距離がひどく中途半端だった。手を伸ばしても届かない。しかしお互いを無視できるほど離れてもいない。

　この夫妻のことをどう考えていいか、竹流にはまったくわからなくなっていた。二人とも見るも美しく、只人ではない存在感を放っている。その意味ではお似合いなのに、竹流たちが入っていくまでどんな会話が交わされていたのか、まったく想像がつかない。いや、もしかすると二人の間には、いつも硬くて脆《もろ》い沈黙だけがあるのではないか、そんなふうにも思えてくる。そもそも彼らは、今は亡き前領主も含めて、子供の頃からのおさななじみのはず。自分と初音のように、どっちかがどっちかにおもらしの後始末をしてもらったりして、今さら格好をつける気にもなれない間柄とは違うのだろうか。それとも身分の高い子供は、おもらしなんてしないのか？

「夕食とマノミ酒をお持ちしました」

　微妙な距離に離れた二人のどちらに話しかければいいか、初音も少々やりにくそうだった。

「ありがとう」

こたえたのは蒼波だった。水澄はかすかにほほ笑んだだけだったので、初音は蒼波のほうを向いた。

「先ほどお話ししたとおり、マノミ酒をお飲みになるかどうかはお任せします。ただ、お飲みになったら必ずお知らせください。その後のための支度がありますから」

愛するものの記憶を失った元病人への説明は、マノミの木守りにとってもっとも大変な仕事なのだ。

「わかっている」

蒼波はうなずいた。

初音に指示されて、竹流は夕食の盆を、ベッドのすぐ脇にあった机の上に置いた。その間も、いや、竹流たちがその部屋にいる間中ずっと、蒼波と水澄はやはり一度も目を合わせることがなかった。まるで視線がぶつかると、硬いだけに脆い何かが砕け散ってしまうと思っているみたいだ。竹流はそう感じた。

満月が中天にさしかかっている。夜空の色を淡くするほどに煌々《こうこう》と光る月だ。竹流はまだひりひりする頬をさすりながらそれを眺めていた。

『何もぶたなくたってなあ』

先ほど、領主夫妻に夕食とマノミ酒を届けて宿所から戻ってみると、見回り組かしらの笛吹が「腹減った腹減った」と初音に泣きつきに来た。皆さんを養うほどの食事の用意はありません、おうちに食べに帰ってくださいとはねつけた初音だったが、「そうしたいんだが、あちらの隊長さんが持ち場を離れるのを許してくれん」と言われては、放っておけなくなったらしい。大急ぎで簡単な揚げパンを大量にこしらえ、見張りの者たちに配ってやることにした。竹流は幸い、客人たちに出した肉入りパイの残りにありついていたが、その代わり初音の手伝いにひとしきり大忙しだった。

ようやく後片付けまで終わって一息つくと、初音が急に言った。

「今日は帰らないんでしょ？」

不意をつかれてうろたえた竹流は「いや、俺、今のとこお前とどうかなるつもり、ないから」と口走り、いきなり横面を張られて目から火が出た。

「今日は見回り組のみんなも寝ずの番だろうから、あんたも帰るわけにいかないでしょ、という意味よ」

淡々と補足説明する初音は、なんだかものすごくおっかない。

「そうだったら、綺麗なものを見せてあげる。おいで」

きびすを返して裏口に向かう彼女に、竹流は唯々諾々《いいだくだく》と従った。戸口を出る前に初音は竹流を振り返り、

「一切口をきかないこと。声を出したらただじゃおかないわよ」

これまた淡々と言われたら、竹流としては頬を押さえてがくがくとうなずく以外に何

ができよう。外に出た初音は、前掛けとスカートをまとめてつまみ上げ、足音を忍ばせて宿所をぐるりと回りこんだ。そして、裏口と並んだ窓の下に座ったのだ。壁一枚挟んですぐのところにベッドがあり、ご領主の奥方が寝ているというのにである。しかも、夏の夜のことで窓は少し開けてある。中の人が大きく身を乗り出さなければ窓の下は見えないとはいえ、大胆な話だ。かといって、しゃべるなと言われた以上ここで真意をただすわけにも行かず、一人だけ回れ右して戻ったのではあとが怖く、竹流は仕方なく初音の隣に腰を下ろした。

　幸いやぶ蚊はいない。人間の鼻にはときおりしか感じられないマノミの香が虫除けになるらしく、花が咲いている間は虫に悩まされなくて済む、と初音は言っていた。

　見上げる満月は美しいが、これを見せるためにこんなところに連れてきたのだろうか。万一蒼波さまに見つかったら、寝室の様子を窺う無礼者としてお手打ちになりゃしないだろうな。竹流は尻がむずむずと落ち着かないような気持ちを味わっていた。

　宿所の裏は丘の南の斜面を見下ろす位置になる。二つの建物の周囲はぐるりと草地になっていて、宿所の裏口からは、斜面を南に下る道が一本延びていた。斜面を少し下りたあたりで草地は途切れ、またリンゴとサクランボの果樹畑が始まる。ちょうどそのあたりで見張りをしている武人や見回り隊の仲間たちも、白い月光に照らし出されていた。

　そのとき、開いた窓から男の声が洩れてきた。これはいかん、さすがに盗み聞きなどするわけには、と身動きしかけて、竹流は凍りついた。驚くべき言葉が耳に入ってしまったからだ。初音は先ほどから微動だにしない。

「……隠していたが、兄の大河を殺したのは私だ。あの日、私がそなたたちの入る部屋に駆け込んだとき、兄は最後の謀反人《むほんにん》を切り倒したのち、自分も手傷を負って気を失っていた。そなたも傍に倒れていた。それを見た瞬間、魔物が私にささやきかけた。ここで兄を殺せば、謀反人に討たれたと誰しも思う。兄さえいなくなれば、私は領主の位を手に入れることができるだろうと……」

初音がそっと身を起こした。物音を立てないようにしながら、その動きは素早かった。竹流は慌てて後を追った。初音は宿所正面に戻って、正面の扉を叩いた。返事はない。初音はさらに激しく叩き続ける。どどどどうするんだ、踏み込む気か。逃げることもできず見守っていると、ようやく「入るがいい」と返事があった。

大きく開け放たれた戸口から、竹流は初音の肩越しに中の様子を見た。特に変わった様子はない。さっきはベッドで身を起こしていた奥方が今は横たわり、目を閉じていること。蒼波は座っていた椅子をさらにベッドから遠ざけ、ほとんど部屋の向こうの隅近くに座ってこちらに背を向けていること。違うのはそれくらいだ。

「何の用だ」

低い声で聞いてきた蒼波に、初音は「夕食の食器を下げに参りました」と答えた。竹流は昼間と同様、全身から冷や汗が吹き出るのを感じた。夜更けに、人の寝室を大騒ぎで訪れて持ち出す用件ではない。

夕食は形ばかり手をつけられていただけだが、マノミ酒のグラスは空になっていた。それに目を留めた初音は、眠る奥方の手首やうなじのあたりに触れたり、まぶたを裏返したり、竹流にはよくわからないが様子を見ているようだった。

「マノミ酒をお飲みになったのですね。確かにマノミ酒のもたらす眠りについておられます」

初音はそう声をかけたが、部屋の隅の蒼波はこちらを向かないまま「そうか」とこたえただけだった。それではさっきは、奥方と話していたのではないのか？　いや、内容からいって呼びかけていた相手は間違いなく奥方だ。マノミを飲んでから眠りに落ちる時間は人によって違うが、長い者でも鉄瓶に入れた水が沸くほどの時間で、中には蝶が一つの花から蜜を吸い終わるほどの間に眠ってしまう者もいるらしい。さっきは話の相手をしていた奥方が、竹流たちが裏手からここに来て、戸を叩いている間に眠ってしまったとしても不思議はないのだが。

「おめでとうございます。これで奥方様が全快なさることは間違いありません。それではまた明日朝、ご様子を見に参ります」

そう言ってから夕食の盆を持ち上げ、初音は続けた。

「皮むき用の小刀が見当たりませんが」

「いいからもう出て行ってくれないか」

領主は苛立ったような声で言った。竹流も大いに同感で、早く行こうと初音の袖を引っ張った。しかし二人が外に出て戸を閉めようとしたとき、領主は首だけこちらに捻《ね》じ曲げて、こう言った。

「外の見張りの者たちが目障《めざわ》りでいかん。どうせ何事も起こるわけはなし、宿や自宅に引き取らせてくれ。これは命令だ」

「承知いたしました。おっしゃるとおりにします。私はもちろん、すぐ隣の自分のうちにおります。ここの竹流も同様です。何かあれば駆けつけますので、お呼びください」

領主はうるさそうに、もう出て行けと手を振った。

「目障りねえ……。目に立つほどうろうろしてるわけでもないのにな。蒼波さまって神経が細いのかな。それとも水澄さまのほうかな」

「奥方はマノミの眠りに入っているのよ。耳元で雷が鳴り響いたって目を覚ましやしないわ」

初音の台所に戻ってから、二人はひそひそと話をした。

「それじゃどうする？　やっぱり、かしらたちに見張りをやめて帰れっていうのか？」

「さて、どうするかしらね。それより、さっき聞いた話のほうこそどうする？」

初音は思わせぶりに言う。竹流はようやく、初音の思いがけない行動に振り回されていっとき忘れていたことを思い出した。

「うわ、大河さまが亡くなったときのあれか」

あまりの重大さに、蚊の羽音のような小さな声になってしまった。

「護衛隊の隊長さんに言ってみるわけには……いかないよなあ」

「駄目。隊長さんはまっとうな武人に見えるけれど、あちらの邦《くに》の人よ。何の証拠もない、しかも立ち聞きで耳に挟んだことをしゃべったりして、大切なご領主さまを中傷したってとられたら、こっちの首が危ないわ」

「証拠ねえ」

「どう？　アンズの盗み食いの犯人を見つけたときみたいに、何とか見つけてみれば？」

初音はからかうような笑みを浮かべた。

「無理だよ。こっちはもう二年以上前の、遠い土地で起こったことだぜ。現場の館だって焼けちまったんなら、証拠なんか残っているわけないだろ。見ていた生き残りは蒼波さま本人と水澄さまだけだっていうし。いや、水澄さまはそのとき気を失ってたんだったか。それじゃどうにもならない」

「不甲斐ないわね」

一言で切り捨てられて、竹流は少なからず落ち込んだ。

「まあ、よその国の権力争いのことなんて、あたしたちには関わりないけどね。今のご領主さまがちゃんとまつりごとをやって、みんなに慕われているという以上、昔のことは別にどうだっていいんだけど」

「醒めてるなあ」

竹流がぼやくと、初音は肩をすくめてみせた。

「あたしが今心配なのは、奥方さまのことよ。蒼波さまはどうしてさっきみたいな、絶対に秘密にしておく必要のあることを打ち明けたのか。……奥方さまがもし、前の領主さまのことを忘れず、蒼波さまに心を開いていないとすれば。領主の地位をがっちりつかんだ蒼波さまにとって、そんな水澄さまはもう邪魔だとすれば」

初音は意味ありげに言葉を切り、竹流はその続きを察して息を呑んだ。

「まさか、生かしておくつもりのない相手だから、秘密を告げたっていうのか？　それじゃ、夕食の食器にかこつけて踏み込んだのは」

「そう、牽制のため」

「小刀のことなんか聞いていたのも」

「まあ、ね。でも考えてみれば蒼波さまは剣だって持ってるんだし、本気になれば人ひとり殺す手段はほかにいくらでもあるんだから、無理に捜すのまではやめたの」

「おまえ……」

竹流はそれ以上言葉が見つからず、へなへなと椅子に腰を下ろした。さすがにそれは考えすぎだろうと思いながらも、言葉の内容の恐ろしさと、それを平然と話すおさななじみの冷静さにすっかり気を抜かれてしまったのだ。

初音は独り言のように続けた。

「そう考えれば、目障りだから見張りの者を帰らせろっていうのも怪しいのよね。あたしたちがすぐ隣にいるって釘を刺しておいたから、めったなことはないと思うけど。曲がりなりにも立派な領主といわれている人なら、何かあったらあたしたちがすぐ駆けつけて、自分が犯人だとわかってしまうような状況で手を下すほど愚かではないはずよ。……でもさすがに、見張りのみんなを帰らせてしまうわけにはいかないわね。目につかないところにいてもらって、何かあればすぐ駆けつけてもらえるようにするつもり」

「まあ、そうだな。何かあったら、俺たちの手には負えないし」

「そうよ。物騒なことは、邦に帰ってからやってもらえばいいの」

　人遣いの荒い初音は、竹流を笛吹と隊長の元に走らせた。

『ご領主が、人影が見えると落ち着かないとおっしゃっていたと伝えなさい。だけど、帰れと言ったことは教えるんじゃないわよ。もう少し丘を下って、リンゴやサクランボの木の間《こま》隠れにでも、宿所の窓から見えないように見張っているように言うの。難しい嘘をつくわけじゃないから、あんたにもできるでしょ』

　そう言って送り出されたのだ。俺のことを十歳のガキとでも思っているのか、と竹流は腹立たしい。

　相変わらず寝転んでいた笛吹は、面倒くさそうに「もういいよ、何でも」と、今にもそのまま斜面をはいずり下りそうな様子だった。一緒にいた無双は領主から遠ざかることに気が進まないようだったが、それでも領主の命令は彼にとって絶対だった。少しぐらい丘を下ったところで、不審者が上ってくればすぐ見つけられることに変わりはない、と自分を納得させたらしい。

初音のうちに戻ると、台所の卓の上に『さっきのところ』とそっけなく書いた紙が載っていた。さっきのところって宿所の向こう側か？　なんでまた、あそこに？　竹流は少々びびりながらも、足音を忍ばせて家の裏口から出た。宿所は依然静まり返っている。あの中でご領主は何をしているのだろう。深い眠りに落ちた奥方から、やはり少し離れたままだろうか。それとも……。輝く太陽のように憧れていた英雄のことをどう思っていいのか、竹流にはわからなくなっていた。兄を殺したというあの言葉は、真実なのだろうか。あんな物騒な嘘をつく理由も思いつかないが、真実だとすればどうしたらいいのか。さすがにそこまではと思うが、邪魔になった奥方が殺される恐れがあるとしたら、黙っていていいものか。『物騒なことは、邦に帰ってからやってもらえばいい』という初音の割りきりには、ちょっとついていけん。

宿所の裏に回ると、初音はさっきと同じ場所に座り込んでいた。隣に座れと身振りで示すので、おっかなびっくりその通りにすると、初音はほとんど息ばかりの声で耳打ちしてきた。

「窓はもう開いていないわよ。さっき、中から閉めたみたい。だから最前ほど音を立てないように気をつけなくても大丈夫。ついでに表の戸も裏の戸もこっそり引いて確かめたけど、中からかんぬきがかかっていたわ」

こいつはどこまで度胸が据わっているんだ。竹流は頭を抱えたくなった。さっきまでの場所に、見張りの者たちの姿は見当たらない。無双たちが早速命令してくれたのだろう。

満月はさっきと比べるとやや西の位置に動いて輝いていた。頭上には、宿所の軒よりはるか先まで花に覆われたマノミの枝が伸びて、白い天蓋のようだ。この木の大きさに改めて驚く。一体どれほどの年を経てきたのだろう。その実はどれだけの数の命を救い、同時にどれだけの大切な思い出を奪ってきたのだろう。

そのとき、竹流は不意に甘い香りを感じた。目の前に小さな白いものが落ちてきた。とっさに伸ばした手の中におさまったそれは、冬に降る雪よりも一回り大きい。

隣の初音が何かつぶやいた。「始まった」と聞こえた。

白いかけらは次から次へと落ちてきた。冷たくなく、溶ける様子もないそれは、

『マノミの花びら？』

風のない夜で、無数の花びらが大気の底に沈むように、ただしんしんと落ちてくる。

竹流は息を詰めてそれを見守った。目の前に薄い紗の布をかけられたようだ。月がその向こうで、さっきより少し柔らかい輝きを見せている。満月から帳《とばり》が下りてきたようにも思えた。綺麗なものを見せると初音が言っていたのはこれだったのだ。

竹流の耳に、再び吐息のような声が吹き込まれた。

「マノミの花は毎年、夏至に一番近い満月の夜に散るの。一晩で全部。だから、マノミ

の花が散るところを見られるのは、一年のうちこの晩だけ」

初音の様子はさっきと少しも変わっていないのに、綺麗なものについて語るその声は竹流の耳に妙にくすぐったくて、どぎまぎした。客が来ると聞いたとき「よりによって今日でなくても」と言ったのは、年に一度のこの美しい光景を落ち着いて見られないのでは、と心配だったからだろう。

でも、良かった。初音がここに来たのは、もしかすると蒼波のことをまだ警戒するためかと思っていたのだけれど、本当に綺麗なものを見るためだったのなら。竹流のことを、いろいろ考えすぎてばかりだと初音はいつもからかうが、それは初音のほうだ。しかも、どうして太陽は東から昇るのか、どうして季節は巡るのか、どうしてマノミには愛する人の記憶を奪う作用があるのかなど、物事の仕組みを知りたくて考え事ばかりしている自分と初音は、少し違う。このおさななじみは、マノミの木守りをしているせいで人間の悲しいところや愚かなところ、弱いところばかりを見せられて、ときには見せられる前に先回りして見つけてしまうのが習い性になってしまっているのだ。だから初音がそんなものばかりでなく、美しいものもちゃんと見ているのだったら、本当に良かった——。

「起きて、竹流」

頰を軽く打たれて、自分がまた何か馬鹿なことを言ったかと竹流は慌てた。しかしどうやら、マノミの花が散るのを見ながらうとうとしていたらしい。初音が手のひらを広げて、頬に止まっていたやぶ蚊を叩いたのだと示した。そして相変わらず小声で、

「蚊の喰い跡だらけになりたくなかったら、中に入るのよ。マノミの花が咲いている間はこのあたりに寄りつかない蚊が、花が散ったとたんに戻ってくるから」

あれだけ咲いていたマノミの花が、もうすっかり散り終えていた。宿所の周囲は、一間（約一・八メートル）ばかりの真っ白な帯に取り巻かれて、まるで雪が積もったようだ。軒の下にいた二人はそれほど花びらをかぶっていないが、それでも膝の上に幾片かが散っていた。

「あっちのほうは大丈夫かな」

早くも響き始めた蚊の羽音に追い立てられて初音のうちの台所に戻ると、竹流は宿所の中のことが気にかかってきた。初音は肩をすくめた。

「さあね。さっきも言ったように、こんな状況でめったなこともないと思うわ。一応、こちらの裏口の戸は開けておくけど。何かあったら聞こえるように」

「家の中がやぶ蚊だらけになるぞ」

「このうちには入ってこないわ。マノミ酒をたくさん保存してあるからじゃないかしら。花の香りとある程度は同じような効き目があるらしいの。……それじゃ、寝ずの番よろしくね」

「……はい？」

かくして初音は寝室に引き取り、竹流は台所に置かれた長いすの上で夜明かしをすることになった。「どうかなるつもりないうんぬん」発言が祟《たた》っちまったかなあと思いつつ、それでも初音が出してくれた薄掛けにくるまって、竹流は長いすに深く腰掛けた。寝ずの番といわれた以上、横になって本格的に眠ってしまうわけにはいかないだろう。

上ずった悲鳴が聞こえた。男の声だ。いつの間にかとろとろと寝入っていた竹流は、長いすから跳び上がった。

「初音！」

大声で呼ぶと、彼女はすぐに寝室から飛び出してきた。服もさっきのままだ。やはり警戒していたのだろう、床に就いていたわけではないようだ。

「声がしたわねっ」

「ああ。宿所のほうからだ。『曲者だ』って聞こえた。それから、『梨木の残党が』とも」

声はそこでぶつりと途切れたのだ。

「落ち着いてる場合じゃないでしょう！」

いつもの冷静さに似合わずそう怒鳴りつけられ、竹流は慌てて裏口へと走った。そのまま外へ出て宿所の表扉に飛びつき、揺さぶってみたが、開かない。かんぬきがかかったままなのだろう。

「裏に回るわよ」

初音はそう言い捨てて走り出しながら、「マノミの花びらをなるべく踏まないで」と付け加えた。理由はわからないながら、竹流は言われたとおり、できるだけ軒の近くを走って建物周囲を取り巻く花びらの環を乱さないようにした。

初音ときびすを接して宿所の裏に出た竹流は、その場に立ち尽くした。建物を取り巻く純白の花びらの環、それを断ち切るように、黒っぽいものが横たわっていた。背の高い男だ。少しも動かないその体の周囲には、赤いものが大量に飛び散って白い環を染めていた。帯と地面の境あたりに、ひときわ赤く細長い塊がある。血に染まった小刀だ。体の下からはなおも赤いものが流れ出し、周囲の白を浸していく。純白と鮮紅の対比が一瞬、夢のように美しいものに見えた。しかしたちまち、錆びた鉄のような血の臭いが鼻をついて、吐き気がこみ上げた。

あたりに足音が入り乱れたと思えば、一息遅れて斜面を駆け上がってきた護衛隊と見回り組の人々だった。蒼波の声を聞きつけたらしい。

「竹流！　奥方の様子を見ておいで！」

自分を取り戻したのは初音が一番早かった。鋭い叱咤《しった》の声に吐き気も忘れ、竹流は宿所のほうを振り向いた。さっきまでかんぬきがかかっていたという裏口は開け放たれていた。中に駆け込むと寝台の上では奥方の水澄が、相変わらずぐっすりと眠っていた。怪我をしている様子もない。知らず知らずのうちに最悪の光景を見ることも覚悟していた竹流は、まずは膝の力が抜けるほど安堵した。

戻ってみると、初音が倒れた男の首筋に手をあてていた。横向きになった顔を見ると、血で汚れてはいたが間違いなく蒼波だった。見張りの者たちはなすすべもなく、周囲を取り囲んで眺めている。無双は指の節が白くなるほど強く、剣の柄を握り締めていた。

「すぐに日向先生を呼んでくる！」

竹流は村でただ一人の薬師の名を叫んだが、初音は首を振った。

「もう遅いわ」

耀海の奥方はゆっくりと目を開けた。琥珀色の瞳が朝の光が差し込む部屋の中を見回す。寝台のすぐそばにいる初音、その後ろに控えた竹流、護衛隊長無双、見回り組から笛吹。部屋にいる全員に次々と目を留めた奥方は、頰の血色もよく、体のほうはすっかり回復しているようだった。奥方がマノミ酒を飲んでから二日半が経った朝のこと、マノミは間違いなくその働きを示したのだ。

いつもであれば、マノミ酒の眠りから覚めて愛する人の記憶を失っている元病人を混乱させないよう、目覚めのときに立ち会うのはマノミの木守り一人だ。しかし今回、奥方の様子から見てもうすぐ眠りから覚める、と言ってこの一同を集めた初音は、宿所の外であらかじめこんなことを言った。

『あたしが奥方に何を言っても、決して驚かないでください。ただそのときの奥方の顔をよく見ておいていただきたいのです。理由はあとで説明します』

中に入ると、本当に待つほどもなく水澄は目を覚ました。おぼつかない顔の彼女が口を開く前に、初音が言った。

「奥方さま、驚かずにお聞きくださいませ。あなたさまのご夫君、耀海のご領主大河さまが亡くなりました」

水澄はいぶかしげにほほ笑んだ。

「いささか古い話を持ち出しますね。悲しいことではありましたが、いまさら驚くような知らせではありません。わが夫、大河が命を落としたのは一年前。あれからもう……」

そこで彼女は、今までの幾層倍も不安な顔になった。

「どういうことです？　私はあれから、どうしていたのでしょう。邦は引き続き平穏でした。領主が死んだのに、何故？　私が病を得て、治すためのたった一つの望みであるマノミ酒を求めてここまで来たのは覚えています。でも一体、誰と？」

耀海から随行した侍女たちに水澄の世話を任せ、初音たちは宿所を出た。

『今はこれ以上の説明ができませんが、明日の朝には詳しくお話しいたします。どうかそれまでお待ちください』

初音はそう頼んだ。これも異例なことだった。元病人の不安をのぞくため、説明はすぐ行うのが常なのだが、今回はそれができなかったのだ。二日前起こった事件にどう対処するか決められない今は、まだ。しかし水澄は初音の頼みを聞くと、表面上はすぐ平静を取り戻し、しつこく尋ねることはせずに肯《うべな》った。こちらが想像もつかないほど不安であろうに、さすが「金剛石の御方さま」と呼ばれるだけのことはあった。

「お二人に来ていただいたのは、奥方のお目覚めに立ち会ってもらうためもありましたがもう一つ、今回の件について整理し、この後どうするかを検討するためです。あと何《なん》刻《とき》かは猶予がある……というより、もうそれくらいしか猶予がなさそうですから」

うちに戻った初音は、台所の卓についた無双と笛吹に薬草茶とサクランボの砂糖漬けを供しながら言った。無論竹流も卓を囲んでいる。笛吹は喜々として砂糖漬けに手を伸ばしたが、無双は対照的に難しい顔をしたまま手を出さなかった。

『俺たちへの疑いを完全に解いたわけじゃないだろうからなあ』

竹流はひそかに思った。

「二日前の晩、私たちは、蒼波さまが宿所の裏で、腹部を深く切り裂かれて倒れておられるのを見つけました。倒れる直前と思われますが、蒼波さまが扉にかんぬきをかけておられたとすれば、『曲者だ、梨木の残党が』と叫んでおられます。でも曲者がいたとすれば、蒼波さまが扉にかんぬきをかけておられた宿所に、どうやって入ったのか。いえ、それだけのことなら、もっと早い時刻から中に潜んでいたとも考えられます。狭い建物ですが、浴室や衣装入れの櫃などもありますから、人ひとり隠れる場所がまったくないわけではありません。しかしどうやって逃げ去ったのか。あの後、皆さんの手も借りて宿所の中やうちの中をしらみつぶしに調べましたが、不審な者がいなかったのはご存知の通りです。かといって丘の頂のここからよそへ逃げようとすれば、斜面を下ったところでこの家と宿所を取り巻いて寝ずの番をしていた皆さんに、必ず見咎《みとが》められていたでしょう。明るい月夜で、皆さんもご領主さまと奥方さまを守るため目をそばだてておられたでしょうし」

「あ、うちの見回り組のもんはわかんないよ。みーんな、のんびりした奴らだしさあ。俺にしてからが、居眠りしてたしな」

笛吹が口を挟んだ。無双は重苦しい声で言った。

「わかっておる。だからこそ、そちらの者とこちらの護衛隊の者を二人一組にした。そちらが全員居眠りをしていたとしても、こちらにはそんなたるんだ者はおらん」

笛吹はへらへらした調子で「どうかなあ。一人くらいはいるかも」と言っている。笛吹の言うとおり見張りの目をかいくぐって逃げた者がいる可能性も否定できず、見回り組と護衛隊の半数は今、茉莉花村やその周辺で不審者の捜索にかかっていた。残り半数は、再び襲撃があった場合に備え、あの晩と同じようにこのうちを囲んで警護している。『居眠りなどしおったらこのわしが切り捨てる』と剣に手をかけた無双の気迫に、みんな緊張して見張っていることだろう。

竹流は、眠り続ける病人の世話をする初音の補佐ということでこのうちに、詰めているよう笛吹に命じられたが、他所《よそ》をうろうろすることで無双の疑いを増さないようにというかしらの配慮だったのかもしれない。

初音は話し続けた。

「確かに曲者がいた痕跡ははっきりしません。かといって、いなかったとも断言できません。宿所の中にもいくばくかの血痕がありましたので、蒼波さまが刺されたのは室内だったのでしょう。しかしほとんどの出血は戸外だったようなので、曲者ともみ合うか、あるいは逃げようとした曲者を追うかで外に出られて、そこで致命的な大出血に至ったように見えます。建物の周りはマノミの花びらの環に取り巻かれていましたので、曲者がそこを踏んで通っていれば足跡でわかったはず。ほとんどの部分にそんな跡は見当たりません。もちろん一間ばかりの幅ですから、飛び越えようと思えば難しいことではありませんが、闇討ちに来た叛徒が足跡を残さないよう用心する理由も思い当たりませんから、それだけ見れば曲者はいなかったとも考えられます」

あのとき初音が花びらを踏むなと指示したのは、侵入者があったとしたらその痕跡を消さないようにという配慮だったのだ。

「ですがほかならぬ蒼波さまが倒れていたあたりは、痛みに身をもがいたものか激しく花びらが乱れ、さらに流れた血や飛び散った血のせいで、曲者の足跡がそこに残っていたとしてもかき消されてしまったことでしょう。だから、曲者がいなかったと断言もできないのです」

——しかしもし曲者がいなかったとすれば、蒼波のすぐ近くにいた初音と竹流の立場は非常にまずくなる。二人が共謀して蒼波を刺し、曲者の話をでっち上げたと思われても、簡単には否定できないのだ。笛吹の言葉にもかかわらず、無双は二人への疑いを捨てきれないに違いない。

「竹流」

不意に初音に呼びかけられた。

「あの晩、私たちが窓の外から小耳に挟んだ蒼波さまの言葉を、お二人に話してあげて」

「えっ」というよりむしろ、「ひええっ」と情けない声が出た。今回の件については、奥方が目覚めるのを待つ間、二人で話し合って一応の結論は出していた。しかし、あんな物騒な話を他人にもそのまま教えていいのだろうか。すがるような表情になってしまったからか、初音は「正直にね」と付け加えた。

仕方がない。あの晩蒼波が『領主の地位を手に入れるため、謀反を利用して兄を殺した』と語った話を、できるだけ言葉通りに繰り返した。話が終わってからも無双は長いこと黙っていた。やがて不機嫌な声で、

「そのような話は信じない。ご兄弟のことは、幼い頃からお仕えしたわしにはよくわかっている。今となっては隠しても詮無《せんな》いことだから言うが、蒼波さまが兄上に引け目を感じておられたのは知っていた。蒼波さまも思慮深く武勇にも優れ、常人にはとても及ばぬ方。しかし亡くなられた大河さまが偉大すぎた。自分の一歩前を常に自分より優れた存在が歩いているとしたら、それ以外の者よりは自分が勝っているからといって、なにほどの慰めになろう。残念ながらその言葉の内容すべてが、お前たちのでっち上げとは到底思えない。そう思えたらどれほどいいか……。だが蒼波さまが兄上を尊敬してお

られたことも、わしはよく知っている。それに今は、蒼波さまがわしのただ一人の主君。その方がそのような卑劣な手段で兄上を闇に葬ったなど、武人としての誇りにかけて、認めるわけにいかん」

「武人の誇りというのも面倒なものですね」

初音がそっけない声で言う。まったく、お前には怖いものはないのか。

「その言葉を聞いたことは、こちらとしてもマノミの木守りの誇りにかけて確かなのですが、信じられないなら構いません。しかし、その言葉のことを考えないと、今回の件にどう対処するかは決まらないのです」

「そのおぞましい言葉の内容が、蒼波さまが刺されたことと関係するというのか」

「はい」

いかつい武人の眼光を、初音は正面から受け止めている。竹流がふと笛吹を見ると、『ものは相談だけど、俺たちこっそり逃げねえか？』と雄弁に語る顔をしていた。冗談ではない、こんなところでおさななじみを見捨てて逃げられるものか。第一、あとが怖い。

「今回の件については、誰が蒼波さまを刺したかというだけなら、むしろごく簡単なことです」

無双と笛吹が驚いた顔をするのに構わず、初音は続けた。

「難しいのは、蒼波さまがなぜあのような、もし事実だとすれば死ぬまで秘していなければならないはずのことを口にしたのか。私たちが耳にしたのは偶然でしたが、蒼波さまは水澄さまに語りかけておられたようでした。だから私たちはまず……竹流、どう考えたか教えてあげて」

どうして言いにくいことばかり俺に言わせるかなと思いながら、竹流は説明を始めた。

「ええと。俺たちがまず考えたのは、領主の地位を手に入れるために水澄さまと結婚した蒼波さまが、今は水澄さまが邪魔になり、殺してしまおうと決めた。その前に、あの世への土産とでもいうんですか、真実をぶちまけたい衝動にかられてしゃべってしまったのではないか。そういうことでした。だから事件が起こったときも、奥方が殺されているのではないかとまず思ったほどです。しかし奥方は無事だった。それならば……あの事件は、蒼波さまに殺されそうになった水澄さまの逆襲だったのではないか」

「なんという無茶なことを。か弱い女人である水澄さまが、蒼波さまを刺すことなどできるはずがあるまい」

無双は嗤《わら》った。

「それほど無茶でもありません。具合の悪い水澄さまは床についておられました。蒼波さまを刺した小刀は、夕食の膳につけて寝台脇の机に置いておいたものです。蒼波さまがすっかり油断して寝台のそばで話しておられたとすれば、水澄さまがとっさに手を伸ばして小刀を取り、刺すことは十分可能です」

「それに、曲者の姿を見たものがいないことも説明つきますよ。一緒に部屋にいた奥様が下手人なら」

見回り組の笛吹が、早くも肩の荷を下ろしたという調子で言う。

「いや、おかしい。それが本当なら蒼波さまは、倒れられる直前、曲者が出たなどとおっしゃるわけがないではないか」

「そりゃ蒼波さまとしては、奥方を殺そうとして逆に刺されたなんて死んでも思われたくなくて、とっさに嘘をついたんじゃないですか？　あまりにもかっこ悪いもん」

とぼけた顔をしながらかしらもなかなか侮れないもので、筋の通ったことを言う。しかし初音は「とはいえ、不自然なことはいくつかあります」と冷静に言った。

「私たちがその告白を聞いてから、蒼波さまが悲鳴をあげるまでにはかれこれ四半刻（約三十分）の間がありました。あれほど物騒な告白をしておいて、行動に出るまでそれほど間を空けるのは不自然です。さらに告白を聞いた直後、私たちは口実を設けて部屋に入り、奥方の様子を見ています。奥方はすでにマノミの眠りについておられました。マノミの眠りの特色である呼吸や脈の様子を詳しくお話ししても仕方ありませんが、調べたので確かです。マノミの眠りにつくまでの時間は人によって多少異なるので、マノミ酒を飲んだのが告白を聞く前だったか後だったかは判断がつきませんが、少なくとも、ひとたびマノミの眠りにつくと二昼夜以上が過ぎるまで目覚めることはあり得ません。マノミ酒の性質を知る者にとっては、それから四半刻後に奥方が蒼波さまを刺したなど、太陽が西から昇るほどにあり得ないことなのです。……そしてもう一つ。お二人とも覚えておいででしょう。眠りから覚めた奥方は、誰の記憶を失っておられましたか？」

「そりゃ、蒼波さまだろ？　前のご亭主が死んだあと再婚したことを忘れてたんだから、蒼波さまのことをきれいさっぱり忘れてるわけで……。え？　ってことは……？」

笛吹は首をかしげた。

「そうです。マノミ酒は、そのときもっとも愛している人の記憶だけを奪う。蒼波さまが、兄である大河さまを卑劣な手段で殺したと告げて水澄さまに襲いかかり、水澄さまが逆襲して刺してしまったとしたら、そんな相手の記憶を失うわけがないと思われますが」

「わけがわからん。まったく、厄介な実があったものだ」

頑固な武人は混乱してきたようだった。

「次に私たちが考えたのは……。竹流」

「はいはいっと。……水澄さまが蒼波さまを忘れていた以上、眠りに就く前にいちばん愛していたのはやはり蒼波さまだったことになる。とすれば、水澄さまは蒼波さまのあの言葉を聞いていないのでは、と思えたのです。あのとき水澄さまはすでにマノミ酒を飲み、眠りに就いていた。蒼波さまはその寝顔に向かって独り言のように自分の罪を告白したのではないか。いっときの誘惑にかられて兄上を殺したことで、ずっと良心の呵《か》責《しゃく》を感じ続け、ついに耐え切れなくなったとすれば、あり得ないことではありません。そう考えるとあの後のことは、蒼波さまが自殺を図ったのだという推測が可能になります。しかし自分の罪を認めて死んだことが皆にわかっては恥だと考え、せめて叛徒に襲われて闘って死んだことにしたいと思った。だから自分で自分の腹を刺し、あんな叫び声をあげた。水澄さまは何も知らないままですから、以前はどうあれ今は現在のご夫君を一番愛しておられるのなら、蒼波さまの記憶を失ったのはごく当たり前なことです」

「自殺とな……」

無双は唸りながらしばらく考えていたが、やがて強く首を振った。

「いや、それもおかしい。蒼波さまがまことに自殺を図られたとしたら、あのような小刀をお使いになるわけがない。あんなもので、しかも腹を刺したのではうまく死ぬのは難しい。うまく死ぬというのも妙だが、叛徒の仕業《しわざ》に見せかけるにしても、お持ちになっていた剣を使うなりしてもっと武人らしく、かつ苦しみを長引かせないように死ぬ方法はある。蒼波さまともあろう方がそこに気づかぬはずがない。お育てした者として、また同じ武人として、それこそ太陽が西から昇るほどあり得ないと言わせてもらおう」

「そうおっしゃると思いました」

初音が静かに言った。

「だから私たちは結論を出したのです。おそらく真相はこうだったのだろうと」

『私たち』とはいっても二人だけで話したとき、竹流はここまでで完全に行き詰まった。ここから先は初音の話を呆然と聞くだけだったのだ。あまりにも途方もない、しかし確かにすべてのことに説明をつける話だった。

「先ほども言いましたとおり、今回の件でもっとも解《げ》せないのは、蒼波さまがなぜ水澄さまに、兄上を殺したなどと告げたかです。あの世への土産というのも、自分の悪行を悔やんだ独白というのもしっくり来ないとすれば、何が考えられるか。あんなことを言えば、水澄さまに憎まれてしまうだろうに。——そこで思ったのです。まさしくそれが目的だったのではないか。水澄さまに自分を憎ませることが」

無双も笛吹もあのときの竹流同様、呆然と聞いていた。

そう思ったとたん、さまざまなことが繫がりました。蒼波さまの亡き兄上、大河さまは、極めて優れた方だったと聞いています。蒼波さまもそれに劣らぬ英雄だったと言われていたようですが、誰の口からも、弟が兄を凌《しの》ぐとは聞いていません。隊長さんが先ほどおっしゃったように、蒼波さまは生まれてからずっと、自分より優れた存在を目と鼻の先に見せつけられ、自分が常に『二番手』であることを思い知らされ続けてきたのでしょう。まるで、太陽の前にかすむ月の輝きのように。

思わぬ悲劇で大河さまが亡くなり、その奥方であった水澄さまと結婚されたことを、打算ゆえかと考えていたのですが、もし蒼波さまが水澄さまを本当に愛していたとすれば。兄のいいなずけであった女性を、口には出さなくても以前から深く愛し続けていたとすれば——。

お三方は幼い頃からご一緒だったとお聞きしていますから、蒼波さまは、水澄さまが自分を家族のように愛しておられることはおわかりだったでしょう。しかしそれは、蒼波さまが望むような愛情なのかどうか。兄上亡きあと自分と結婚した水澄さまは、今は自分のことを一番に愛してくれているのか、それともやはり亡き大河さまが一番で、自分は二番手にしか過ぎないのか。その迷いは、蒼波さまをずっと苛《さいな》んでいたのかもしれません。

そんなとき、水澄さまが重い病気にかかり、マノミという奇妙な性質を持つ実の力に頼るしかなくなりました。その実には、病を治す代わりにもっとも愛するものの記憶を奪う作用があると知ったとき、蒼波さまはまず思ったでしょう。いったい、水澄さまは誰の記憶を失うのか？

目覚めた水澄さまが自分のことは覚えていて、大河さまの記憶をなくしていたら――自分が『二番手』であったことを、これほどしたたかに思い知らされることはありません。考えただけでも蒼波さまにはとても耐えられなかったでしょう。しかし一方、水澄さまが今は蒼波さまのことを一番に愛しておられるとすれば、どうなるでしょう？　マノミの作用によって水澄さまは蒼波さまのことを忘れる。しかし大河さまの記憶は残る。普通の場合なら、マノミ酒を飲んだ最愛の人に忘れられても、なんとかもう一度、その人との間に愛情を築こうとするものです。しかし蒼波さまにはその自信がなかったのかもしれない。自分のことが水澄さまの中にまったく残らず、大河さまが素晴らしい方であったことはすべて残っている状態で大河さまに勝てる、自分が再び大河さまより愛されるようになるとは思えなかったのかも。

はい、隊長さん、そうですね。確かに愚かな、浅はかなことです。『二番手』であるという積年の思いは、蒼波さまにとってそれほど苦しいものだったのでしょう。愛情というものは、そうでなくても人を愚かに、浅はかにするものです。

こうして悩むうちに、蒼波さまは気づいたのではないでしょうか。マノミ酒の作用を逆に利用して、大河さまの記憶を水澄さまの心から永遠に消す、いえ、奪うことができると。マノミ酒の作用が始まる前に、自分をわざと憎ませるように仕向け、大河さまを確実に水澄さまの最愛の人にすればいい。そしてそれはすぐ、マノミ酒によって消し去られるのです。目覚めた水澄さまが蒼波さまのことを覚えていても、それが自分の仕向けたことなら痛痒《つうよう》は感じないはず。

ええ、おっしゃるとおりです。大河さまの記憶を奪うことに成功しても、自分が兄を謀殺するような卑劣な人間だと水澄さまに思われては意味がないのではないか？

実のところマノミの眠りから覚めた人の心の中は、マノミの木守りにすらはっきりとはわからないのですが、眠りの前に蒼波さまの告白を聞いたこと自体は、大河さま自身に関する記憶ではないので、おそらく残るでしょう。しかし、亡き大河さまに関する記憶が水澄さまの中からすべて消えるのに引き換え、蒼波さまへの、少なくともおさななじみとして家族としての愛情は残っています。考えてみてください、自分の愛する家族が、自分のまったく知らぬ誰かを殺したとして、その家族をいきなり嫌悪するでしょうか？　少なくとも事情を聞き、納得すれば許そう、許したいと思うのではありませんか？　適当な嘘をこしらえるなどして自分の告白を無効にすることは、不可能ではないでしょう。蒼波さまはそこに賭けたのだと思います。いえ、賭けなければならないほど、蒼波さまは自分を追い詰めていたのかもしれません。

はい、わかっています。肝心なのはここからです。

ここまでの考えが正しければ、蒼波さまは水澄さまがマノミ酒を飲んだ後を狙って例の告白をしたのでしょう。飲む前に話して、水澄さまに騒ぎだされては困りますから。マノミの眠りに入る前のほんの短い時間を狙ったのだと思います。しかしその短い時間でも、水澄さまが寝台のそばにあった小刀を取り、蒼波さまを刺すには十分だったのです。水澄さまはそのまま眠りに落ちた。

蒼波さまは助けを呼ばなかった。最愛の妻を罪に落とすのが厭《いや》だったのか、自分の浅はかさを周囲に知らせたくないという見栄か、はたまた上に立つ者らしく、領主夫妻の確執《かくしつ》が明るみに出たときの邦《くに》の混乱を厭《いと》うたのか、そこはわかりません。それにか弱い女人、しかも具合の悪い水澄さまが小刀で刺した傷ですから、死ぬようなことはあるまいとも思ったのでしょう。事実、刺されたときのままの状態なら、普通の手当てで難なく回復されたと思います。

さて、どうすればこの事態《こと》を糊塗できるか、蒼波さまは必死で考えを巡らせたはずです。真相を突き止めさせまいと思えば、曲者に襲われたというのがもっとも無難なところですが、あいにく皆さんが建物の周囲を取り巻いている。外部からの出入りの可能性はすぐ否定されそうで、お困りになったことでしょう。私たちが扉を叩いたのはそのときでした。蒼波さまはそれを利用しようととっさに考えたのです。目ざわりだからという口実をこしらえ、見張りはみな退けと命じればいいと——ええ、そうです。危険を考慮してその命令はお伝えしませんでした。済んだことですからご了承ください。私たちが入って行ったとき、蒼波さまは向こうを向いて椅子にかけ、何事もない様子で話しておられました。隊長さんはご存じと思いますが、刃物が人間の体に刺さった場合、抜きさえしなければ外側にはさほどの出血が見られないことは珍しくありません。だからそのような芝居も可能だったのです。私は小刀が机上にないことに気づいてはいましたが、まさかそれが蒼波さまの腹に刺さったままであるとは夢にも思いませんでした。いま思っても、あのときの蒼波さまの胆力は大したものでしたね。

さて、蒼波さまは命令が伝わったものと思い、皆さんがこの丘から引き揚げる時間を見込んで、痛みに耐えて待てるだけ待ちます。誰かが踏み込んでこないよう、内側からかんぬきをかけて。やがてもういいだろうと思ったのか、蒼波さまは立ち上がり、私のうちのある表側は避けて裏口を開け、用意していたせりふ、謀反の残党に襲われたという意味のことを叫びます。しかしその言葉は途中で切れてしまいました。目の前には、蒼波さまが宿所にこもっている間に散ってしまったマノミの花びらの、白い帯がありました。このままでは、曲者が出入りしなかったことは一目瞭然です。蒼波さまは途方に暮れたと思います。体内でじわじわ進む出血のためかなり朦朧《もうろう》としておられたのか、ほかにいい方法も思いつかなかったのでしょう。自分の命のことはもはや考えず、刺さったままだった小刀を腹を切り裂くように引き抜いて、大量の出血とともに花びらの上に倒れた。そして最後の力を振り絞って身をもがき、あたりを荒らして、曲者が出入りしなかった痕跡を隠したのです。動機については、さっきも申した通りわかりませんが……。ええ、そうですね。愛は人を愚かに、浅はかにする。でもそこまで身を捨てた行為をさせるのも、やはり愛だけかもしれません。

「だがよ、それじゃやっぱり、さっきと同じ矛盾があるんじゃないか？」

これまで気をのまれたように黙って聞いていた笛吹が、ようやく口をはさんだ。

「今の話なら、外から出入りする者がいなかったのに蒼波さまが刺された理由は説明できるけどよ、結局のところ、蒼波さまを刺したのは水澄さまって結論だろ？　襲われそうになった水澄さまが逆襲したって説と同じで、水澄さまが蒼波さまを忘れておられることと食い違ってくる」

「いや、そうとも限らん」

無双隊長が苦々しげな声で反論した。

「奥方が本当に蒼波さまを刺して、その責めから逃れたいと考えたとする。マノミ酒の作用とやらで忘れたふりをしようと思ったのではないか。単に事件そのもののことを忘れたふりでごまかせると思ったのか、それとも、もっとも愛している者のことを刺すわけがないと皆が信じてくれると計算したのか……」

いかつい武人は、「愛している」という言葉を難しいもののように発音した。初音はうなずいた。

「確かに、『忘れたふり』をした人の例はいままでにもあります。もっとも愛しているべき、だから忘れるべき人を忘れなかったとき、これまでの暮らしが壊れてしまうことを恐れて忘れたふりをするわけです。代わりにほかの誰かのことをすっかり忘れているわけですから、その後の生活の中でいずれ露見することのほうが多いでしょうけれど、短い間ならごまかせないことはない。水澄さまが目覚めたとき、皆さんに立ち会ってもらってあのような嘘をついたのは、それを確かめるためです。蒼波さまが亡くなったとこちらが言ってしまえば、誰かわからないふりをすることは難しくありません。だからあえて前のご夫君の大河さまの名を出しました。水澄さまが罪を逃れるため、蒼波さまのことをすべて忘れたふりをしようと固く心に決めていたとすれば、その蒼波さまのことを聞かれないのはなぜだろう、一体自分は誰のことを忘れているのだろうと、大変な混乱に陥ったはず。しかしご覧になったとおり水澄さまの反応は、もっとも愛する今のご夫君の記憶を失った奥方としてごく自然なものでした。あれが忘れたふりだとは、とても思えません」

「お前、そこまで考えていたのかよ」

笛吹は感心するやら呆れるやら、といった顔だった。

「だが、それならやっぱり」

「違います。これは、蒼波さまが卑劣にも水澄さまを襲い、水澄さまが自分の身を守るために刺したという最初の仮説とは、まったく違う話なのです」


水澄さまの身になって考えてみます。水澄さまがマノミ酒を飲み、効果を表す眠りが訪れるかどうか待っている最中に、蒼波さまが兄上を殺したという嘘の告白を始めた。大河さまが亡くなった現場に蒼波さまが踏み込んだとき、水澄さまは気を失っておられたのでしたね。だから嘘をついてもわかるまいと蒼波さまは思ったのでしょうが、たとえば大河さまが斃《たお》れるところまではご覧になって、その後気を失われたのだとすれば？水澄さまには蒼波さまの告白が嘘だとすぐわかったはずです。一体なぜそのような、自分を卑劣な人間に貶《おとし》める嘘をつくのだろうと不審に思われたでしょう。水澄さまは賢い方だと聞いておりますし、ともに育った大河さまと蒼波さまのことは誰より深く理解しておられたはず。とっさにその理由がわかってしまったのです。亡き兄上に今も引け目を感じ続ける蒼波さまが、マノミを利用して兄上の記憶を奪おうとしている、と。

でも、もし。もしも、水澄さまが蒼波さまを心から愛しておられたとしたら。大河さまはすべてにおいて蒼波さまより優れていたのかもしれない、しかし人は、一番優れているものを一番愛するとは限りません。水澄さまが実は子供の頃から、蒼波さまのほうを愛しておられたのだとしたら。しかし自分は大河さまのいいなずけとして定められている。大河さまのことももちろん家族として大事に思っているし、邦《くに》の安寧も大切だと思えばこそ、恋心は抑えて大河さまとご結婚なさったのかもしれません。そんな矢先に起こった、大河さまの死。それによって水澄さまは長年の恋がかない、最愛の蒼波さまと結婚することができた。しかし、幸福と感じることは許されないと思えたでしょうね。自分の思いが悲劇を引き寄せた気がして、じりじりと苛まれるような心持ちだったのでは。思えば皮肉なことです。二人とも、最愛の人と結ばれているのに幸せではなかったなんて。相手の瞳に何が映っているか見るのが怖くて、お互い目も見交わせないほどに。そう、水澄さまがこんな思いをしてまでなお、大切にし続けてきた蒼波さまへの愛情は、相手には少しも伝わっていなかった。蒼波さまが大河さまの記憶を水澄さまから奪おうとしている以上、蒼波さまは、水澄さまの愛情を信じていないということになりますから。『金剛石の御方』と呼ばれる強いご気性の水澄さまにとって、それは許しがたい裏切りだと思えたかもしれません。一瞬、目のくらむような怒りにかられ、思わず手近にあった小刀を取って突き出してしまった。自分で自分のしたことに驚いたことでしょう、最愛の人を傷つけてしまったのですから。しかし、蒼波さまはおそらく、大した傷ではないから安心せよ、くらいの声はかけたでしょうし、いずれにしろマノミ酒の作用がじきに現れ、水澄さまは心配しながらもそのまま、深い眠りに入っていったのです。そしてマノミ酒はいつもどおり、最愛の者の記憶を奪い取ったのでした。マノミ酒は、その人に対して自分がしたことをも綺麗に忘れさせますから、いま奥方は、自分が人を刺したこと自体、まったく覚えておられないはずです。

「初対面に等しい方々の心根について、よくもそれだけ好き勝手を言う」

無双は腹の底から絞り出すように言った。初音は別段、気を悪くする様子も見せなかった。

「お二人をよくご存知のあなたが否定してくだされば、そのほうがありがたいのです。私だってこのような話、信じたくはありません」

この件の始末を相談していたとき、初音は自分でこの結論を導き出したくせに、「こんな後味の悪い話じゃなく、もっと何か思いつかないの？　隊長さんやかしらが納得してくれるなら何でもいい。多少嘘でも構わないから、いつものように頭をひねって考え出してよ」とさんざん竹流を責めたてた。しかし竹流には何も考えつかなかったのだ。

無双が無念そうに黙ったままなのを見て、初音は肩をすくめた。

「それではこの先は、私たちより経験豊かな方にお任せするしかありません。一体今回の件を、ほかの皆さんにはどのように説明すればよいのでしょう。もうあまり時間はないと思います」

いっとき、部屋の中を完全な沈黙が支配した。それを破ったのは、

「ああ、もう、どこやらの残党でいいじゃん？」

笛吹の軽薄めかした声だった。

「どうせ肝心のお人たちは、誰を刺しただの誰に刺されただのって肝心なことは、ぜーんぶ忘れちまってるんだろ？　いまさら誰が誰を刺したなんて、はっきりさせるすべもないことだし、はっきりさせても仕方ない。ほかの者に迷惑かけたわけでもなし、まあ、見回り組と護衛隊の皆が寝不足になったくらいのことでさ。ご領主さまはどこにもいない曲者に襲われたってことにしとけば、この先も誰も困らないだろ」

無双隊長は顔をしかめて笛吹を眺め、しぶしぶといった様子ではあるが、うなずいた。

竹流は胸を撫で下ろし、融通無碍《ゆうずうむげ》な見回り組かしらに感謝した。初音はいつものように冷静だったが、やはりかすかに声は弾んでいたと思う。

「それで決まりですね。そろそろ蒼波さまが目を覚まされるはずです。様子を見に参りましょう」


「すぐに日向先生を呼んでくる！」

あのときそう叫んだ竹流に、初音は「もう遅いわ」と答えた。

「普通の手当てではもう間に合わない。マノミ酒の力を使うしか」

そばに立っていた無双が驚きの声をあげた。

「マノミは、病に効くだけではないのか？　怪我も治すのか」

「そうです。耀海の邦には、そこまで詳しい噂は届いていなかったのですね。……竹流！」

　初音はまた、厳しい声で呼んだ。

「戸棚に並んだ瓶のうち、一番右のものから、マノミ酒をカップに一杯酌んでおいで。瓶を間違えたら承知しないわよ。急いで」

　竹流は足元に雷が落ちたように跳び上がり、初音のうちに走った。あたふたと言われたことをこなし、こぼれないようカップに手で蓋をしながら駆け戻ると、初音は男たちの手を借りて蒼波の上半身を起こしたところだった。蒼白な顔ですでに虫の息のご領主の頬を、初音は容赦なく張る。うめいて薄目を開けた蒼波に、初音は言った。

「蒼波さま。今からあなたにマノミ酒を飲ませます。このままあなたが死んでは、水澄さまが難しいお立場になるのは避けられません。命が助かれば、あなたは最愛の人の記憶を失うことになりますが、その最愛の人を救うためです。納得してください」

　マノミの木守りには、その作用について本人の承諾を得ないままにマノミ酒を飲ませてはならない、という掟があるそうだ。蒼波はかすかにうなずいたように見えた。初音は竹流が渡したカップを蒼波の唇に近づけた。かすかに金色に光る薄緑の液体が、口の中に入っていく。――やがて、蒼波はがっくりと首を折った。無双以下、耀海の武人たちは色めきたったが、初音は落ち着いてその首筋や手首に触れて確かめた。

「ご安心ください。蒼波さまはマノミの眠りに入られました。助かりますよ」

水澄が宿所で目を覚ましてから数刻後、初音のうちの、遠音がもと寝室に使っていた部屋に寝かされていた蒼波が目を覚ました。あれほどひどかった傷はきれいに治り、そのかわり、幼いころからともに育って今は妻となった女人のことをまったく覚えていなかった。

初音が語ったことは胸の中にしまっておくと無双も笛吹も固く約束したので、護衛隊や見回り組のほかの者たちはみな、領主が曲者に襲われて手傷を負い、マノミの魔法の力で危うく命を拾ったと信じている。当の蒼波と水澄にも初音が同じことを説明した。そして二人は、前の領主であった大河亡きあと——大河の記憶は、二人の中に共通して残っているのだ——、結婚して今は新しい領主夫妻なのだということも。

途方に暮れたようにしばらく黙ったままだった蒼波はやがて、奥方だという女人に会いたいと言った。初音と竹流に付き添われて蒼波が宿所に入って行くと、椅子にかけてやはり途方に暮れたようにうつむいていた奥方が顔を上げた。二人の顔に、お互いを認めた色は浮かばなかった。しかし琥珀色の瞳と紺青の瞳は、このときようやくしっかりと交わったのだ。

竹流と初音はマノミの丘の上から、草原を北へと帰っていく隊列を見送った。耀海領主夫妻の一行だ。

「これからどうなるだろうな」

竹流が半ば独り言のように言うと、初音は淡々と答えた。

「さあね。ご家来衆がしっかりしておられるみたいだから、邦《くに》のまつりごとのほうはひとまず大丈夫でしょう。あの二人が昔の気持ちを取り戻せるとは限らないけれど、大河さまという近しかった人の思い出は共通して持っているのだから、家族としておさななじみとしてなら、意外にうまくやっていけるんじゃないの。思えば皮肉よね。以前は二人の間の壁のようだった亡き大河さまが、今は二人を結びつける絆になっているのだから」

「そのことで俺、よけいなこと考えちまったんだけど」

「よけいなことなら考えなくていいわ」

初音は間髪を入れずそう言うと、回れ右してうちの方に戻り始めた。

「まあ待てよ。……金剛石は、どれくらい硬いんだろうな」

「知るもんですか」

初音のこたえは速すぎて、やっぱり彼女もこの可能性について考えていたんだとわかった。

「大河さまを殺したという蒼波さまの言葉を、水澄さまがあんなに速く、マノミの眠りに落ちる前の短い時間で嘘だと見抜いたのは、その人たちの気性をよく理解した賢い方だからだろうけど……もしかすると、蒼波さまが大河さまを殺したわけがないと知って、いたからじゃないかって」

初音は足を止めたが、こちらには背中を見せたままだ。

「最後の叛徒を大河さまが倒したとき、水澄さまがとっさに、蒼波さまのついた嘘と同じことを考えたとしたら――いま大河さまを殺せば、叛徒の仕業に見せかけられる、自分は自由の身になって蒼波さまと一緒になれるかもしれないって。普通なら女の人が強い武人を殺すなんてできっこないけど、大河さまが叛徒との戦いで傷を負っておられたとしたら、とどめを刺すことくらいは……」

「水澄さまが目を覚まして、大河さまの名を耳にしたときの反応を見たでしょう？　そんな後ろ暗い思い出を持っているようには見えなかった」

「だから、金剛石はどれくらい硬いだろうかと思ったんだ。金剛石の御方さまの心は、大河さまの名を聞いても決して動揺しないという決意を守り続けるほど硬いだろうかって……」

振り向いた初音の右手が伸びてきたので、またぶたれるかと思った。しかしその手は、竹流の頰に柔らかく触れただけだった。

「あんたは、よけいなことを考えなくていいの。無用な不幸を生むようなことを考えるのは、あたしだけでいい」

それから初音は、うちのそばのマノミの木を見上げた。二つの屋根をすっぽり覆うほど枝を広げた木は、今は緑の葉に包まれている。実が膨らんでくるのはまだ先のことだ。

「あたしはときどき、こんな木なんて無いほうが、不幸を増やさなくて済むんじゃないかと思うのよ」

竹流はふと、初音が泣いてしまうんじゃないかと思った。このおさななじみに限ってあり得ないとは思うのだけれど。

マノミの木守りとして初音が、この木を大切に世話していることを竹流は知っている。そして、命が救われるかわりに生まれる不幸をずっと見続けてきたことも。慰めの言葉など思いつかないまま、

「でもさ、花が散ってるあのときは——そりゃあきれいだったよ」

竹流はそんなことを言った。的外《まとはず》れな言葉だったかもしれないが、初音の肩が小さく笑うように揺れたので、少しほっとした。

見上げる梢から降る木洩れ日は、ちょうどマノミ酒のような淡い金緑色で二人を照らしていた。

やさしい共犯

鏡は横にひび割れぬ
「ああ、呪いが我が身に」と、
シャロット姫は叫べり。
——テニスン「レイディ・オブ・シャロット」より

「シャロット姫がいたんや……」
ことのおこりは黒田《くろだ》先輩の、そんな謎めいた言葉だった。

その日、わが浪速《なにわ》大学ミステリ研究会、通称「なんだい」ミステリ研の例会で、黒田先輩は妙に落ち着かなかった。もちろん「なんだいミステリ研の筋肉」と異名《いみょう》をとる、やんちゃ坊主がそのまま大きくごっつくなったような風貌のこのお兄さんに、もともと落ち着きの持ち合わせは少ない。それにしてもその日は特にひどかった。

ときは日ざしが木々の緑を躍《おど》らせる五月の土曜日の昼下がり、所はいつものたまり場、黒田先輩のおじさんがマスターである喫茶店「オーギュスト」。例会といってもそれほど改まったものではない。だいいち、黒田・清水《しみず》・若尾《わかお》の三回生トリオに新入部員の私、吉野《よしの》桜子《さくらこ》という総勢四人のメンバーでは、クラブ運営上の相談などあるわけもない。私はまだ数回しか参加していないが、週に一回集まっては誰かが考えた犯人あてクイズを解いたり、ミステリ新刊を読んで品定めをしたり、単におしゃべりに興じたりとそんなところがクラブ活動らしい。今日はクリスティの名作『鏡は横にひび割れて』をめぐる合評会《がっぴょうかい》である。

「なんだいミステリ研の良識」と呼ばれ、平安貴族の公達《きんだち》のようなおっとりした雰囲気《ふんいき》をもつ清水先輩が、本日の司会として全体の流れをリードする。数代前の先祖にまかり間違って堕天使《だてんし》あたりの血統がまじっているのではないかというほど凄絶《せいぜつ》な美貌の持ち主であり、「なんだいミステリ研の頭脳」と言われる若尾先輩が、ところどころで小太刀をふるうような鋭い反論をはさむ。清水先輩がそれをまたふんわりゆったり受けて止揚《アウフヘーベン》（……この言い方って古いのかな）する。私はひたすら感心して拝聴する、という図式である。この先輩方とは入学早々のこの四月、私の大叔父の「ふざけた遺産」事件を解決してもらってから——正確には黒田先輩がかきまわし、若尾先輩が解きあかし、清水先輩が収拾をつけたこの事件のことは、いずれお話ししたいと思っている——のつきあいだが、三人三様の頭脳の鋭さにはいつも驚かされてばかりだ。

さて、そうはいっても今日の議論がわりと地味かつ地道に進行したのは、いつもなら前提も経過も無視して結論にすっ飛んでいくような、O型牡羊《おひつじ》座の男黒田先輩の意見がほとんど挟まれなかったからである。黒田先輩はどこか、心ここにあらずといった風情《ふぜい》で——もっと言えば、心このテーブルにあらず、だった。

「オーギュスト」はそれほど広い店ではない。カウンターをのけるとあとは四人がけのテーブルが四つという小ぢんまりしたところである。私たちはいつも入口からいちばん奥まったテーブルにつく（というか、三時間はそこにはりついて離れない。思えば恐ろしい客である）。席順が特に決まっているわけではないが、今日はそのテーブルの奥側の席に清水先輩と黒田先輩が並び、清水先輩の前に私、黒田先輩の前に若尾先輩という布陣だった。私の背後、つまり黒田・清水両先輩からはまっすぐ見通せる、一つ置いて入口側のテーブルにはやはり四人の男女が座っていた。ほかに客はいない（毎週私たちがいるときはこんなものである。かつて黒田先輩が、「叔父貴、この店これでやっていけるんか」と不躾《ぶしつ》けなことを聞いていた。マスターは口をとがらせて「土曜日やから客が少ないだけや。平日はもう、千客万来《せんきやくばんらい》やで」と言った。ホントだろうか）。どうやら黒田先輩の心は、このテーブルに出張しているらしかった。しきりにそちらに目をやっているのだ。

その四人は私が入ってきたときにはもういたように思う。こちらと違って男性二人、女性二人のしごく釣り合いのとれた組み合わせだった。うちのように女の子一人に男性三人というグループははた目にはアンバランスなものらしい。先輩たちと連れ立ってキャンパスを歩いていたとき会った友人が、次の日私にこう言ったものだ。

「サクラちゃんてええわあ、あんなに素敵なひと三人に囲まれて。まるで逆ハレムやないの。より取り見どりやね」

そりゃまあね、この三人がそれぞれいい男だということは喜んで認めよう。でも別に逆ハレムというほどお姫様扱いされているわけではないし、ましてや黙ってより取られ見どられてくれるようなやわな先輩方でもあるまい。……あ、いや、今はそんなことはどうでもいいんだ。

その「釣り合いのとれた」四人組は私たちよりはいくつか年上に見えた。男性の一人はスーツ姿だったので、大学卒業からそれほど間がない社会人というあたりか。気の置けない調子でしゃべりあっていたから同級生同士かなにか、仲のいい友人たちなのだろう。とこれくらいは、そばを通りすぎて自分のテーブルにつくまでの間に見てとらなければ、ミステリマニアの名が泣くというものだ。だが黒田先輩がなぜこの四人組を気にしているかまではわからない。たとえば好みのタイプの美人がいるにしろ、こんなにいつまでも気をとられてるなんて不自然だ。いったい何があるというんだろう。

やがて後ろで席を立つ気配がした。何やら話しながら小銭を集める音、レジの音、マスターの「ありがとうございました」という声、カランカランと入口のカウベルが鳴る音。どうやら帰っていくところらしい。ミス・マープルとポワロの比較論を聞きながらも、私は背後から聞こえる音と黒田先輩の表情とが映す彼らの行動を意識の隅にとめていた。

そして、その騒ぎが起こったのだ。

「きゃあっ」

表で女性の悲鳴が聞こえた。真っ先に立ち上がったのは黒田先輩だった。私は振り向いて、さっきの四人の位置を目にとめた。お金を払う係になったらしいポロシャツ姿の男性がまだレジ近くにいる。女性の一人は入口近くにいる。「オーギュスト」の文字が裏返しに映るドアのすりガラスを通して、ひと足先に出ていったらしい二人の姿が見えた。どうやら一人が倒れている様子だ。

「だ……だれか。おい、杉田《すぎた》、カヨさん、早くきてくれ」

うろたえた様子の男性の声がした。連れの二人がドアを開けて飛び出し、それと踵《きびす》を接するように黒田先輩が続く。私、そして清水・若尾の両先輩も立ち上がって後を追った。

「葵《あおい》ちゃん！　葵ちゃん！」

「おい、桐原《きりはら》、しっかりせえ……。新藤《しんどう》、いったいどうしたっていうんや」

「それが……。車がいきなりこっちに曲がってきて……」

「葵ちゃん！　葵ちゃん！」

喫茶「オーギュスト」は二本の通りが「ト」の字にぶつかる角地《かどち》に立っているのだ。だがその、当の車らしきものは見当たらない。

「そのまま逃げたんか？　それやったら当て逃げやないか」

「いやそれがな、車に当てられたわけやなくて。よけようとした拍子に桐原がころんで、地面に頭をぶつけたんや」

なるほど。それじゃ車のほうは気がつかずに行ってしまったのかもしれない。

「葵ちゃん！　葵ちゃん！」

「あのう、あんまり揺さぶらないで。頭を打ってるときは安静にしたほうがええんです」

清水先輩が倒れている葵さんにとりすがるショートカットの女性――たぶんカヨなんとかさんだろう――をおさえる。打ち所が悪かったのか、葵さんは目をとじてぐったりしたまま。見たところ傷はなく、血も出ていないが、ストレートの長い髪が乱れて顔の半分を隠しているのが痛々しい。眼鏡もずれてしまっている。清水先輩がその髪をそっとかきやり、眼鏡を外してあげた。脈と呼吸を確かめ、倒れた体の位置を楽にする。この人のこういう優しさはＤＮＡに組み込まれているのかと思うくらい、自然な動作だった。

葵さんカヨさんの連れである二人の男性は、カヨさんの後ろで何となくおろおろしていた。先に出ていた、背は高くないが陽にやけて元気そう、スーツ姿が板につかない男性が「新藤」氏、後から出ていったポロシャツ姿ののっぽさんが「杉田」氏らしい。葵さんの体をはさんでその二人と真っ向から対する形の黒田先輩は、なぜかすごみのある目つきで彼らを睨んでいる。もちろん二人がおろおろしているのはそのせいではなく、心配なのだろうけど。振り向いた私は若尾先輩のクールな美貌と正面から向かい合ってしまう。

「きゅ、救急車……」

「もう呼んだ」

確かに「オーギュスト」にはドアを入ったすぐのところに電話が据えつけてあるが、動いた気配も感じさせずにやってしまうあたりがいかにもこの人らしい。

葵さんのものだろう、ハンドバッグが落ちているのに今頃気がついた。マグネットの口が開いて中身がはみ出ている。収めようと取り上げかけて落っことし、かえって中身をぶちまけてしまった。手がわなわな震えていたからだ。私も相当慌てていたらしい。……どきん。どきん。どきん。改めて意識するとびっくりするくらい、激しく心臓が打っている。ミステリの中でなら死体だって山ほど見たことがあるのに、現実には、気を失っている人を見ただけでこのありさまである。

赤革の財布、小さな手帳、コンパクトと口紅、ハンカチ、ティッシュ入れ、眼鏡ケース。一つ一つ中に入れていると、顔をあげた清水先輩が葵さんの眼鏡をこちらによこした。それをケースにしまってからバッグに入れ、蓋を閉める。

サイレンの音が近づいてきた。正直な話これまでは、深夜に聞くときなど救急車の音を傍若無人《ぼうじゃくぶじん》だと思うこともあった。決して決して、二度とそんなことは思うまい。待つ身にはこれほどほっとする音はないのだから。

新藤さんが救急隊員に手短かに事情を説明し、葵さんが救急車に運び込まれるにいたって、黒田先輩が妙なことを言った。

「桜子、一緒に乗っていけ。女がついていったほうがええ」

そりゃ別に、嫌じゃないですけどね。ここまでかかわった以上。だけど私でなくても、

「大丈夫ですよ。私が行きますから」

やっぱり不審そうな顔をしてカヨさんが言う。

「ああ、それなら安心」

いよいよおかしな黒田先輩の言葉。私から葵さんのバッグを受け取ったカヨさんが乗り込んで、救急車が動き出す。ここにいたって黒田先輩のおかしな言動は頂点に達した。店の中にとってかえし、ややあってヘルメットをもってくる（黒田先輩はオートバイライダーである）。それから店の前にかなりずうずうしく止めてあった愛車にまたがり、エンジンをふかしながら、いちばん近くにいた私にささやいたのだ。

「俺は今から救急車を追いかける。おまえらはここで待っててくれ。病院に着いたら電話入れる」

……黒田先輩。いったい全体、何を考えてらっしゃるの。なんで救急車の後を追いかける必要があるわけ？

サイレンを鳴らして救急車が走り去る。後を追い、弓から放たれた火矢のようにバイクを飛ばしていった黒田先輩は、その前にこんな言葉を置いていったのだった。

「シャロット姫がいたんや……」

「それじゃ、どうも」

「お世話になりまして」

杉田さんの住まいが近いらしく、新藤さんもそこへ行って連絡を待つという。私としては黒田さんが何を考えているかわからないので、救急車を追いかけていった話は伏せておきたい。なんとなく曖昧《あいまい》なあいさつをかわして別れ、先輩二人と店の中に戻った。

引き続き居座るのはさすがに気が引けたのでマスターに二度目のオーダーをした後、状況の整理に入る。まず私が黒田先輩の先ほどの言葉を伝え、黒田先輩がさっきからあの四人をしきりに気にしていたこともついでに説明した。もっとも清水先輩も若尾先輩もそのことには気づいていたようだ。私は自分の観察を述べてみた。

「あの四人、仲のいい友達同士とみていいでしょうね」

「ええ。僕が店に入ったとき、ちょうどあの四人がオーダーを通したところで、『久しぶりやなあ』『仕事はどうや』なんて話を始めてましたから、しばらくぶりに友達が集まったというところやないでしょうか」

マスターからホットミルクのカップを受け取った清水先輩が答えた。お公家《くげ》さんのような穏《おだ》やかな言葉づかいのこの人は、後輩の私や気の置けない仲間である黒田先輩・若尾先輩に対しても「ですます」口調で話す。それにしてもみんなそれぞれ、断片的ではあっても案外あちらの情報をキャッチしているものだ。続いて若尾先輩、こちらはヨーロッパ貴族的な優雅さで足をすらりと組んで、紅茶のアールグレイを口に運びながら。

「僕はあのテーブルの側《そば》を通ったとき、ポロシャツの杉田氏がスーツの新藤氏に『それで出張してきた用事のほうはもうええんか』と言ったのを覚えてる。たぶんほかの三人は大阪《おおさか》方面にいるが、新藤氏だけはよそで就職したんじゃないかな。出張でこちらに戻ってきたから、ついでに週末を使って友人たちと旧交を温めようとしたんだろう。それからたぶん四人は大学の同級生だな。一緒に講義を受けたときの話をしていた」

え？　その言葉に刺激されたか、不意に記憶に蘇《よみがえ》ってきた会話に自分でも驚いた。

『あいつ、目ぇ悪かったっけ』

『そうよ。前は、普段なら眼鏡かけるほどじゃなかったみたいやけど』

『うん、講義のときなんかだけかけてたな。覚えてへんか』

『全然』

そんな会話が確かに記憶にある。だが前後の文脈はまるでわからない。どうしてその部分だけこんなにはっきり覚えているんだろう。猫舌の私がココアの熱さをうかがいながらその疑問を口にすると、若尾先輩が〝most elementary！〟といわんばかりにあっさり解いてくれた。

「その会話の直前にちょっとした動きがあったからさ。こっちのテーブルでも、読書会が中断するほどじゃないにしろみんなの注意が一瞬向こうにそれてしまったぐらいの動きがね。ゆっくり思い出せば、吉野だってその前後のことは一連の出来事として記憶してると思う。ヒントは、コンタクトだ」

「ああ！」

確かに思い出した。

『大丈夫？　コンタクトずれたん？』

と、女性の声。続いてやはり女性の声で、

『あ、うん、ゴミが入ったんかな。急に痛くなって。ごめん、はずしてくるわ』

そう言って席を立つ音。体質にもよるのだろうけれど、私もコンタクトは苦手だ。目が疲れるし乾くし、目にゴミでも入った日には七転八倒《しちてんばっとう》するほど痛い。せっかく大枚《たいまい》はたいて買ったコンタクトを引出しに眠らせ、いまだ眼鏡を愛用しているのだから、こんな場面を見ると同情にたえない。コンタクトってこれが不便だからなあ、とちょっと振り向いてみた。バッグを持って洗面所のほうに急ぐ後ろ姿。なんだか儚《はかな》げだと思ったのは、かぐや姫のような長い髪が背中に揺れていたからか。あれは葵さんだったわけだ。

その後さっきの、『コンタクトなんかしてたんか。あいつ、目ぇ悪かったっけ』という会話が続く。やがて赤くなった目に眼鏡をかけた彼女が戻ってきて、そのあたりでもう記憶はとぎれている。この小事件はそれで終わり、私の注意がこちらにもどったからだろう。

「実はそこなんだな、ひっかかってるのは」

若尾先輩が言う。

「さっき倒れていた、桐原、葵嬢だったか。吉野、彼女のバッグの中身を覚えているだろう。わざわざひっくりかえして見てたくらいだから」

このひとは嫌みを言ってるのか。

「手がすべっただけです！」

「なんだ。……まあそれはともかく、どうしてあの中に、コ、ン、タ、ク、ト、の、ケ、ー、ス、が、な、か、っ、た、んだ？」

　散らばったバッグの中身を思い浮かべてみる。財布に手帳、コンパクトに口紅、ハンカチにティッシュ入れ、そして眼鏡ケース……　本当だ。

「コンタクトレンズは、外してそのまま持ち歩けるようなもんじゃない。ケースに保管しておかなきゃすぐ壊れるか、なくなってしまう。彼女がコンタクトを外したんなら、それをしまったケースはどこにいったんだ。吉野、たとえば女性がコンタクトケースをポケットに入れるなんてこと、あるか？」

「ええ……ありえないとは言えないけど、まずないでしょうね。意外とかさばるものだし、バッグがあるんなら一〇〇パーセント、そこに入れると思います。それじゃあいったいどこにいったんでしょう」

「もう一つ、僕にも気にかかっていることがあるんです」

　落ちかかった沈黙を破るように、清水先輩が言う。

「さっきの黒田君の言葉にも関係がありますね。若尾君と吉野さんからは後ろになるから見えなかったことです。彼女の――葵さんの、凍、り、つ、い、た、よ、う、な、表、情」

「凍りついたような表情」。そうだ。さっき話題にしていた『鏡は横にひび割れて』に出てくる言葉である。この作品は私も大好きだ。トリックやプロットよりも、全編を満たす悲愁《ひしゅう》が好きだ。そしてその哀しみを凝縮したような、凍りついた表情。事件の鍵となる、女優が見せた謎の表情。そしてそれを形容するために目撃者たちが使うロマンチックなたとえ、テニスンの詩に登場する「鏡」が「横にひび割れ」たときの「シャロットの姫君」の表情。

「僕が、この話のモチーフになったテニスンの詩の説明をしていたときやった思います。僕は資料を見ていたからそれに気がついたのは黒田君が先やったらしい。横で黒田君がなんや息をのむような気配があったので、目を上げたんです。驚きました。向こうのテーブルに、まさに凍りついた表情があったんですから」

「"The mirror cracked from side to side,

'The curse is come upon me,' cried

The Lady of Shalott."」

若尾先輩が鮮やかな発音でそらんじた。黒田先輩がいたら、「きゃあ、若尾君ってきざやわあ！」なんて、気味のわるいチャチャをいれるところだ。……いなくてよかった。

私はさっき配られた参考資料のプリントにあらためて目を落とした。清水先輩が作った、テニスンの「レイディ・オブ・シャロット」の要約がある。「シャロットの姫君は、自分の目で外界を見ると呪《のろ》いがかかるとの予言を受けていた。どんな呪いかはわからないのだが、姫は予言に従って城にこもりきりの生活をさほど嫌がることもなく、鏡に映した外の世界をのぞいては毎日を過ごしていた。しかしある日、馬に乗って通り過ぎる円卓の騎士《きし》ランスロット卿の姿が鏡に写ったとき、一目で恋をした姫はどうしても彼を直接見たくなって外の世界に目をやる。呪いがふりかかり、鏡は割れた。姫は城をさまよい出ると、舟で川を漂いながら一人死んでいく」その後にいま若尾先輩が暗唱してみせた一節の訳が続く。『鏡は横にひび割れて』の巻頭に引用されていた部分だ。

「鏡は横にひび割れぬ。

『ああ、呪いが我が身に』と、
シャロット姫は叫べり」

　このときの姫君の表情、自分の運命を悟《さと》ってすべての感情が一瞬に凍りついた表情が、この作品の重要なモチーフになっている。そんな表情を、葵さんはしていたのか。

　清水先輩が言葉を継いだ。

「あのときの葵さんはこちらに顔を向けてはいましたけど、もちろん僕や黒田君を見ていたわけやありません。僕らの後ろの壁にひび割れた鏡や意味ありげな絵がかかっているわけでもない、当たり前ですけどね。それに視線はどう見ても空中を漂っていたから、何か具体的なものを『見た』のがショックの原因だったんやないと思います」

「考えられるのは向こうのテーブルでの話題か。その内容は？」

　若尾先輩の問いに清水先輩は首をかしげた。

「いえ、それはさすがに。黒田君は聞いてるかもしれへんけど、僕は司会ということもあってそれまでもっぱらこっちの話題に集中してましたし。せやけどその後少し聞いてたかぎりでは——まあ細かいとこまで聞こえたわけやないけど、それほど深刻な話題やなかったですよ。誰かが結婚したとか誰かは転職したとか、友人たちの近況のたぐいでした。それに彼女がそんな表情をしていたときも、背中を向けていた杉田さんとカヨさんのことはわかりませんが、隣りの新藤さんはごく気楽な明るい顔をしていました。葵さんの表情には気づいてなかったからやろうけど、少なくともテーブル全体が暗くなるような話題でなかったことは確かです」

「それとさっきのコンタクト事件と時間的な前後は？」

若尾先輩が何やら考えありげに質問を重ねる。

「うーん……そう、こちらがコンタクト事件のちょっと前。直前やったと言っていいでしょう」

凍りついた表情。消えたコンタクトケース。二つの謎を包んで今度こそ落ちた沈黙は、だがとても短かった。店の電話のベルが鳴ったからだ。思わずびくっとした。

「はい『オーギュスト』……ああ、うん。『なんだい』の人、誰でもええって。大輔《だいすけ》からや」

黒田大輔サマからの電話だった。マスターが受話器を差し出す。びくっとした結果なんとなく立ち上がっていたのは私一人なので、行きがかり上電話に出た。公家と堕天使の二人はちょっとやそっとのことでは動じないのである。

「オレや。いま、××市民病院におる。医者の話では彼女、ざっと診察したかぎりでは大丈夫らしいし、意識ももう戻ったということや。ただもう少し検査があるってゆうてるやろう。もう一人の彼女が、カヨさんやったか、さっきの二人に連絡してたからおっつけ来るやろう。そんなわけやからお前らも来てくれ。頼んだで」

何がそんなわけなんだか、かなり一方的に電話は切れた。だがその旨《むね》話すと、やはり公家と堕天使は動じないのであった。

「吉野さん、若尾君、そんなら行きましょうか」

「ああ」

結局そんなわけで（だからどんなわけだ！）、私は慌《あわ》てて飲み頃に冷めていたココアを飲み干すと先輩たちの後を追った。二つの謎についてゆっくり話す暇《いとま》もない。××市民病院は、「オーギュスト」からタクシーなら五分ばかりの距離である。

「さっき救急車で運ばれた桐原さんの知り合いですが」

詐術《さじゅつ》の神であるヘルメス神の守護《しゅご》を受けているにちがいない若尾先輩が、受付でしゃらんとこんなことを言ったおかげでどこに行けばいいかがわかった。救急科の診察室の前だ。

狭い廊下をはさむようにソファが並んでいた。その一方にカヨさんと杉田さん、新藤さんが座っている。黒田さんはそれと向かい合ったソファに、さっきと同じやんちゃ坊主がにらめっこしてるような表情でふんぞりかえっている。杉田さんと新藤さんは連絡を受けて駆けつけたのだろうが、事故の現場にたまたま居合わせただけの見知らぬ青年が、なぜオートバイで救急車を追いかけてまで病院に来たのか、さぞ理解に苦しんでいるにちがいない。心配で見舞いに来たと言われれば追い返す口実もないだろうし。ましてやその青年の連れの三人までがこの場に平然と現われたときには（いや、この中でもっとも小市民である私はかなり気後れしていたけど）、向こうはそろって呆然《ぼうぜん》としていた。

廊下をはさんでかたや平然かたや呆然、二組の対面は、やおら立ち上がった黒田先輩の言葉から新しい局面に動いた。

「さて。僕らがここにやってきたのは、告発のためです。新藤さん、あなたの」

「はあ？　コクハツ？」

幸か不幸か新藤さんはミステリマニアでなかったらしく、言われたことをすぐには把握できなかったようだ。黒田先輩が言葉を継ぐ。

「そうです。事故にあった女性、葵さんの殺害未遂容疑です」

あまりにも突拍子もない告発に、新藤さんは呆然を通り越して唖然《あぜん》としていた。黒田先輩は相手が態勢を整えられないうちに矢継ぎ早に攻撃を繰り出す。

「僕がそれに気づいたのは、一つには葵さんの『凍りついた表情』を見たから。もう一つは、葵さんのコンタクトレンズがなくなっていたからでした。あのとき事故のどさくさに紛れてコンタクトのケースを隠すことができたのは、あなた一人だったんですよ」

「何を言ってるんですか。僕は彼女の目が悪かったことだって今日知ったばかりで、ま„してコンタクトのことなんか意識もしなかったし……　いや、そんなことより、なんで僕が彼女を殺そうとしたやなんて」

「だから『凍りついた表情』です。テニスンの詩にあるでしょう。ああ、お読みになったことがない？」

いつもはべたべたの大阪弁なのに、今は名探偵のせりふ回しを意識したような黒田先輩のしゃべりかたである。大体、ご本人だってテニスンの原作は絶対読んでないと思うぞ。クリスティが使ってたから知ってるだけで。

「感情のすべてが麻痺《まひ》したような、絶望の極みの表情。僕が見た葵さんの表情もそれでした。僕はたまたまそのときそちらのテーブルのほうに目をやって、その表情とぶつかった。あまりに印象的でただならぬ様子だったので、その後あなたがたのほうをうかがっていたんですよ。にこやかな顔であなたが話していたのは、あなたが『婚約した』ということでしたね」

これは私たち三人には初耳の知識である。

「僕の婚約と彼女と、どういう関係があるっていうんですか」

「それは想像するしかありませんがね。とにかく、あなたの結婚の障害になるような事実を彼女が知っているということは大いにありえます。彼女自身が障害である場合も含まれますね」

「冗談やない。僕と彼女はただの友人や。こっちの二人に聞いてもらったらわかります。みんな大学時代のゼミ仲間なんやから」

新藤さんは杉田さんとカヨさんを見やった。ところが二人は、

「そう……やな」

「まあ、ねえ……」

「ちぇっ、なんやって言うんや」

なんとなく言葉を濁す頼りにならない友人に舌打ちして、新藤さんはこちらを向き直った。

「それにコンタクトっていうのは何なんです。僕がそれを隠したなんて」

「順を追って話しましょう。葵さんはあの後、コンタクトがずれたかそれともゴミでも入った様子で、一度席を立ちましたね。場合によっては目を洗っただけでまたコンタクトをはめたということも考えられますが、洗面所から出てきた葵さんは眼鏡をかけていた。明らかにコンタクトを外したということです。ところがさっき、事故の後です。うちの有能な後輩がわざと取り落として調べたところによると」

手がすべっただけですと言うのに。

「葵さんのバッグの中にはコンタクトのケースらしきものはなかった。僕はその後店にとって返して、念のため洗面所の中をのぞき、あなたがたがいたテーブルの周囲も調べ

てみた。どこにもコンタクトのケースは置き忘れられていなかった。ということは、事故の前後、ちょっとの間あなたと葵さんが二人きりだったとき、コンタクトが失《う》せたとすればそのときしかありえないんですよ。つまり、あなたがそのすきにそれを隠してしまった」

「くだらない。何のためにそんなことをするんや」

「あなたに、葵さんの口をふさぐ必要があったと仮定すれば、理由はいくらでも考えられます。コンタクトケースをすり替えて、そう、たとえば中のレンズを度数の違うものに代えてしまう。僕やそちらのご友人たちが飛び出していくのが早かったので、すり替えは成功しなかったようですがね。レンズの度数を合わないものにしておけば、葵さんが車の運転をするときに事故を起こす可能性が高くなる。ミステリーの世界ではこれを、プロバビリティの犯罪と呼んでいます」

「あっ……」

私はあまりのことに言葉をはさみかけた。それって……それって、蓋然性《プロバビリティ》の問題というよりすでに可能性があるなしの問題だと思うぞ。でも、両脇から清水先輩と若尾先輩が肘《ひじ》をつついたので口をつぐんだ。良識と頭脳が静観している以上、私の出る幕はない。

「もっと確実な方法もある。コンタクトのケースには普通、携帯用の洗浄液や保存液の容器が入れてありますね。その中に毒薬を仕込んでおいたらどうです。いつでも毒薬が手元にあるから、すきを見て飲食物にまぜることができる。本人がいつも毒薬をもち歩いていたということで、自殺に見せかけることもできる……。

いや、こんな手もあります。洗浄液と保存液の容器にそれぞれ、混ぜると毒ガスを発生する薬品を仕込んでおくんですよ。葵さんが自宅でコンタクトの手入れをするとき――たとえば保存液につけておいたコンタクトを出して、洗浄液で洗おうとしたら、どうなります？　混ざり合って毒ガスが発生するというわけです」

「ちょっと待ってくれ。毒ガスを発生する薬品なんて、そうそう手に入るもんか」

「とんでもない。一時話題になったじゃないですか。塩素系と酸素系の洗剤や漂白剤を混ぜて使うと、猛毒の塩素ガスが発生するって。それにあまり知られてないことですが、万年筆の青インクね、あれに、小学校の理科の実験でも使うようなごくありふれた薬品を混ぜると青酸ガスが発生するんですよ。悪用されるといけないのでくわしくは触れませんが」

黒田先輩、うろ覚えの知識なんで自分でもくわしくは言えないにちがいない。新藤さんの顔がだんだん赤くなってくる。黒田先輩が西部開拓農民のごとく縦横ともに迫力のある体格でなかったら、このへんで怒鳴りつけられていたかもしれない。

「そう、疑えばあの事故も疑えますよね。だって、あなた以外に『事故』の現場を見たものはいないんだから。あなたが事故に見せかけようとして頭を殴ったのかもしれない。僕がうちの後輩に、女のほうがいいだろうから救急車に同乗していけと言ったのは、あなたが救急車に同乗すると言い出すのを防ぐためだったんですよ。もし僕の推理が当たっていれば、葵さんにとってあなたほどの危険人物はいませんからね」

「いいかげんにしてくれっ。黙って聞いていれば好きなことを」

ついに新藤氏、体格差にもめげず黒田先輩を怒鳴りつけた。と、ここまでわりと高い声で話していた黒田先輩、一転して声を低めた。

「それじゃ説明してください。いったいコンタクトのケースはどこへ行ったんです……？」

考えてみれば新藤さんがそれを説明する義務はないのだが、この黒田先輩の声は妙に説得力があった。新藤は一瞬言葉につまり、汗でもふこうとしてか、ポケットからハンカチを出す。そのとき、そのポケットのあたりからカツンと音を立てて床に落ちたものがあった。五センチ四方くらいの白いケース……。どう見てもコンタクトのケースだった。新藤さんの顔は一瞬にして真っ白になり、あたりにぴーんと鳴りそうな静けさが落ちた。

そのあと起こったいくつかのことは、まるでみんなが暗記した台詞《せりふ》を読んでいるみたいにスムーズな進行を見せた。

「あらごめんなさい。私、うっかり自分のコンタクトケース落としちゃった」

場違いな明るい声をあげてケースを拾いあげたのはカヨさん。続いて清水先輩がのどかな顔でとりなすような言葉をはさむ。

「どうもすみません。うちの友人がわけのわからないことを述べまして。本当に失礼しました。冗談やと思って聞き流してやってください」

今度は若尾先輩。あくまでポーカーフェイス、無造作な物言いで。

「桜子、許す。一発なぐっていいぞ」

「りょおかあい！」

私はぴょこんと立ち上がった。そろえた指を思い切り、関節が白くなるくらいまでそらし、手首のスナップをきかせて。

すっぱあああん。初めて男の人をひっぱたいたにしてはうまくいった。

「あ……あの……」

診察室からちょうどこのとき顔を出した看護婦さん、あまりの光景に絶句する。

「検査、終わりましたけど……」

うまく入ったビンタとは言え、基本的に私は非力なほうだ。だからあのとき新藤さんがへたりこんでしまったのは、ダメージよりショックのほうが大きかったからだろう。どーして自分が、この娘に殴られねばならないのか、という顔をして目をぱちくりさせていた。ふんだ、教えてなんかやらなかったもんね。

あのあと気を取り直した看護婦さんが、検査の結果も葵さんに異常はなく、念のため明日まで入院して様子を見ればいいと伝えてくれた。私たち——黒田、清水、若尾の先輩たちと私、そして杉田さんとカヨさんは、へたりこんだ新藤さんを無視してなごやかにあいさつを交わした。

「どうも、お騒がせしまして」

「いえいえ、とんでもない。こちらこそご迷惑をおかけしました」

「葵さんによろしく。どうぞお大事に」

そしてわれらミステリ研は、新藤さんがわれにかえって文句を言いださないうちにすたこらさっさと逃げ出したのだった。もっとも後は杉田さんとカヨさんにまかせて大丈夫だったのだけれど——あの二人も共犯だったのだから。

で、いま私たちは、病院からほど近い××市立公園にいる。春の日も暮れかけ、もうわざわざ「オーギュスト」に戻るほどでもないのでここでひと休みだ。大活躍だった黒田先輩は、腹が減ったと途中で仕入れたハンバーガーにかじりついている。

「ああ、肩が凝《こ》った。しんどいしゃべりかたやったなあ。若尾、お前いつもよく平気やな」

「あのしゃべりかた、僕の真似だったたって言うのか？」

「そうや。似てたろ」

「どこが」

若尾先輩はにべもない。清水先輩がさりげなく話題を変える。

「それにしてもちょっと気の毒やったでしょうか。あの新藤さん、別に悪い人やないんやし」

「コンタクトケースが落ちたとき、一瞬ほんまに悪夢の中にたたきこまれたような顔しとったな。ありもしない犯罪がいきなり形をもったわけやから。そのうえ桜子にひっぱたかれて」

黒田先輩がイッヒッヒ、と意地悪な笑いをもらす。

「かまいませんよ、あのくらい。悪い人やないから――本人になんの悪気もないから、かえって残酷なまねをしてしまうってこと、あるんですから」

私は手のひらを見ながら言った。まだ少しひりひりする。

「でも若尾先輩、どうして私にひっぱたかせたんですか」

平然とした答えが返ってきた。

「葵さんに代わって殴るんだから、僕ら男が殴ったんじゃフェアじゃないだろう。それに騒ぎが大きくなる恐れがあるからな。女に殴られたからって警察沙汰にする男はまあいないから、桜子がやったほうが安全だった」

……ずるい人だ。

「それにしてもな、桜子がひょっとして俺を殴るんやないかと思ってひやひやしたで」

「事情、大体わかりましたもん。カヨさんがわざと自分のコンタクトケース落としてみせはったときに」

黒田先輩の言葉に私は笑って答えたが、ふと不安になった。

「わかってると思うんだけど……。つまり、コンタクトがなかったのは、初めから葵さん、コンタクトなんてはめてなかったからですよね」

「ご名答。あれはカヨ、葵、両嬢の芝居だった」

若尾先輩の単純明快な答えを清水先輩が補足する。

「たぶん事情はこういうことなんでしょう。葵さんが新藤さんを好きやってことは間違いないと思います。仲のいい友人の間で芽生《めば》えた片思い、つらかったでしょうね……。新藤さんのほうは葵さんの気持ちに気づきもせえへんで、友人としてしか見てなかったようやからなおさらです。葵さん、久しぶりに新藤さんに会えるから今日はきっと胸をはずませて来たんやろうに、思いがけず新藤さんの婚約の報告を聞くことになった……」

清水先輩は、さらさらと野原をうるおすせせらぎのように静かに話す。

「葵さんの気持ちには杉田さんもカヨさんも気づいてたんでしょう。新藤さんが何の屈託《くったく》もなくその話をしたとき、ほかの友人の近況報告をして話をそらそうとしてたほどですから。だがその甲斐もなく、一瞬すべての感情が凍りついたような表情をしていた葵さんは、その一瞬のショックが通り過ぎたあと、耐えかねて涙をこぼしてしまった。カヨさんは思わずとりつくろおうとして、コンタクトがずれたんやろうととっさの嘘をついた。コンタクトをしているかどうかは外見《そとみ》にはわかりませんから。そのせいで目が痛いといえばいい弁解になりますからね。その場を気まずくするのが嫌だった葵さんも芝居に乗った。彼女、杉田さんも言っていたように、いつもかけるほどやないけど講義のときなんかには必要という程度の近視なんでしょう。必要なときのために眼鏡は持ち歩いていたようやから、洗面所に入って、少し気持ちが落ち着いたところで眼鏡をかけて出てくれば、いかにもコンタクトを外してきたように見えるわけです。黒田君の告発を聞いてるうちに僕にもだんだんわかってきたんですけど、黒田君は相当早い段階で全部読めてたんですね。たいしたもんやなあ」

「いやそれほどでも」

言葉と裏腹に胸を張る黒田先輩を横目で眺め、若尾先輩が言う。

「そうかな。黒田、最初はかなり本気で犯罪だと信じて『告発』してたんじゃないか？」

「ま、まままま、まさか」

……怪しい。

「せやけどもう一つ気になるのは、僕らが口を出したせいで、葵さんの気持ちが新藤さんにわかってしまったんやないかってことです。通じない想いなら永遠の秘密にしておいたほうがよかったんかもしれへんのに」

いかにも清水先輩らしい気配りだった。

「さて、どうかな。僕の主義から言えば、通じない想いだからこそはっきりさせたほうが精神衛生にいいと思うが。いずれにせよそれは、杉田氏とカヨさんにまかせておいて大丈夫だ。完全にイカレた大学生たちの妄想としてもらうもよし、葵さんの気持ちを伝えたほうがいいと判断すればそうしてくれるだろう。なにしろ僕らはみんな、共犯だからな」

若尾先輩が、銀色の風のようにクールな口調で答えてしめくくる。

私はため息をついてベンチの背もたれに寄り掛かった。……そうなんだ。黒田先輩が（最初はどういうつもりだったにしろ）新藤さんのことをむちゃな告発で責めたのも、清水先輩と若尾先輩がそれを黙って見ていたのも、私が彼をひっぱたいたのも。そしてカヨさんがあそこでわざと自分のコンタクトケースを落とし、黒田先輩の告発に一瞬真実味をもたせて新藤さんをおどかしたのも。杉田さんがカヨさんと一緒に私たちを笑って見送ってくれたのも。みんな、共犯だったからだ。優しくて意地悪な共犯。みんなみんな、新藤さんをほんの少しいじめてやりたかったのだ。太平楽で能天気で、たぶん本当にいい人で、そしてそれだけに残酷な新藤さん。自分に想いを寄せている女性が眼鏡をかけていたことさえ「全然」覚えてなかった新藤さん。あれだけ想ってくれてる女性に「凍りついた表情」をさせて、少しも気づかなかった新藤さんを。

私はついに見ることのなかった葵さんの「凍りついた表情」を思い描いた。鏡のようにひび割れたハートを抱えて、あの儚げなひとは、シャロットの姫君はこれからどうするんだろう……。私は慌てて眼鏡を外し、夕空を見上げるふりをした。

「わ、桜子、泣くな。困ったな、どないしょう」

うろたえる黒田先輩を、若尾先輩がかなり暴力的に――具体的には黒田先輩が手に持っていたハンバーガーを無理やりその口に押し込んで――黙らせた。やだな。あんなこと言われたら、よけい涙がとまらなくなるじゃない。

清水先輩がゆっくり、丁寧に言葉を紡《つむ》いで話しはじめた。

「ねえ、さっきのシャロットの姫の話、覚えてますか。姫君は『呪いが我が身に』と言うけれど、それは同時に呪いからの解放でしたよね。いつも外界を映して見ていた鏡がひび割れて、シャロットの姫は初めて、自分の足で外の世界に駆け出したわけです。彼女にとってそれが命尽きるときではあったけれど、それで不幸だったとは言い切れないでしょう。世界の傍観者であることをやめて、短くとも自分の足で運命を歩くことができたんやから。葵さんにとってもそうですよ。これからが閉ざされた世界から出るときで、しかも、これからの葵さんをシャロットの姫君と同じ運命が待っているとはかぎりません。きっと幸せになりますよ、彼女。きっと」

清水先輩の言葉、別になんの保証があるわけでもないけれど、私はそれを信じることにしようと思った。大丈夫。きっと大丈夫。まるで祈りのように心の中でそう唱えながら。

眼鏡をはずしたうえに涙ですっかりぼやけた視界の中、西の空が美しく映えた。

（作中の引用は橋本福夫訳『鏡は横にひび割れて』（ハヤカワ文庫）によります。また「レイディ・オブ・シャロット」の内容に関しては西前美巳著『テニスン研究――その初期詩集の世界』を参考にしました）

無欲な泥棒——関ミス連始末記《しまつき》

（作者より）

この作品に登場する関ミス連は、実在の関西ミステリー連合をモデルにしてはおりますが、起こった事件・登場する人物等は全くのフィクションです。


「あーあ、憧《あこが》れの江神《えがみ》さんに会える思うてたのになあ」

あゆみちゃんはあきらめが悪い。英都《えいと》大学ミステリ研のメンバーがいないというのでさっきから落ち込んでいるのだ。英都の江神さんといえば、関西のミステリマニア学生の間では名探偵ぶりがつとに名高い人物、そして初恋の人がシャーロック・ホームズだったというあゆみちゃんは自他ともに認める名探偵コンプレックスなのである。「名探偵なんぞと一緒になったら女は苦労するで」とからかう黒田《くろだ》先輩に対して、「名探偵のところに嫁に行けるんなら不幸になったっていいです」と断言した剛《ごう》の者《もの》だ。

「そうやね。英都のメンバーそろって関《かん》ミス連《れん》に不参加なんて、どうしたんやろ」

「またなんか事件が起こったんやないとええけど」

秘密の厳守とプライバシーの尊重はミステリマニアのマナーだから詮議《せんぎ》だてする者もいないけれど、英都のメンバーがこれまでいくつかの複雑怪奇な事件に巻き込まれたことは、関ミス連では周知の事実だった。

「まあええやん。あれだけそうそうたる作家の先生たちが来てくれはったんやから」

玄関ロビーから続くホール入口の受付デスクで一緒に並んだ私、吉野《よしの》桜子《さくらこ》はそう言って、入口から見えるロビー隅のソファに目をやった。関ミス連ではおなじみの作家さんたちが談笑しながら開会を待っていらっしゃる。

今日は関西《かんさい》ミステリ連盟《れんめい》、通称「関ミス連」が、泊まりがけで行なう冬の交流会の日である。今回はわが浪速《なにわ》大学ミステリ研究会《けんきゅうかい》、略して「なんだいミステリ研《けん》」がホストをつとめる順番にあたっていた。関西地区各大学のミステリ研が中心になって結成している関ミス連の交流会には、ミステリ研ＯＢの作家さんや、ＯＢではないけれど雰囲気《ふんいき》を知りたいという作家さんたちがよく気軽に参加してくださる。参加といってももちろん招待客扱いになるわけだが、ミステリマニアにとっては夢のような場である。私も初めて参加した春の例会のときは、それまで作品を読んで憧れていた作家の方々が目の前にいるのを見て、うわ本物だあ、さわってもいいんだー（いや、さわってはいけないが）とミーハーに興奮したものだった。あゆみちゃんのことを笑うわけにいかない。

「せやから、これで江神さんがいてはったらあたしにとっては完璧《かんぺき》な布陣《ふじん》やったのに……あ、はい、学生以外の方の参加費は四千円です。……お釣りをどうぞ」

しっかりもののあゆみちゃん、こぼしながらも受付の仕事の手は休めない。

ホールの中では『なんだいミステリ研の筋肉』と異名《いみょう》をとる黒田先輩がわめいている。

「ええくそっ、講演録音用のテープレコーダーが動かへんやんか。ぶんなぐってみるか」

「黒田、むだに騒ぐのはやめろ」

消火活動よろしくクールな声をかけたのは『なんだいミステリ研の頭脳』若尾《わかお》先輩。

「これが静かにしてられるか。もう十分で開会やで。若尾こそそこで腕組みしとらんとちょっと働け」

「それなら働かせてもらう。……電池のプラスマイナスが逆だ」

「……」

騒ぎをよそに穏《おだ》やかな表情をした清水《しみず》先輩が入口にやってきた。『なんだいミステリ研の良識』であるこの人はいつも春風駘蕩《しゅんぷうたいとう》、めったなことでは動じない。手に持っているのはさっきからせっせと模造紙に書きつけていた本日のプログラムである。清水先輩はつま先だってそれをホール入口の外側に貼りつけた。ひょろりとした背がいっそう伸びた。

そのとき、どたばたと足音が響いた。広瀬《ひろせ》君がカーネーションの花束片手にロビーに駆け込んできたのだった。

小道具である花束と花瓶を用意してくる係だったのに、駅に集合してみんなの顔を見るまですっかり忘れていたのが広瀬君である。おかげで黒田先輩に追いかけられ、阪《はん》急六甲《きゅうろっこう》の駅前を二百メートルばかり逃げまどうはめになった。ところが会場であるここ、六甲《ろっこう》ユース研修《けんしゅう》センターに来てみると、会場前の道路にたまたま二人の青年がござを広げて花売りをしていたので、広瀬君は小躍りして買いに飛び出したのだ。彼の運のよさは不可能を可能にする（ただしその前にまず、要領の悪さで可能を不可能にしているんだが)。

「買ってきたで。売ってる人がなんやごたごたしとったから、そこにあるの適当に選んできたけど、これどうするんやったっけ」

受付デスクにやってきた広瀬君はこの期《ご》に及んでとぼけたことを言っている。玄関ガラスを透かしてみると、通りの向こうで軍手をはめた花屋さんらしい青年が二人、なにやら話しているのが見えた。ござの上には鉢植えの花が並び、二、三個おいてある青いポリバケツの縁《へり》からは花束がのぞいている。駅前から少しひっこんだ静かな通りだが、こんなところで商売になるんだろうか。

「広瀬、早く持ってきてくれよ。パーティー会場の準備してるんだから」

ホールの隣りの小部屋から木村《きむら》君が、銀縁《ぎんぶち》メガネをかけて顔をのぞかせた。そう、そこでは今、交流会のメイン・イベントである推理劇の重要な舞台、「パーティー会場」の最後の仕上げが行なわれている。間もなく二時、開会時刻である。

……うーん、本当に無事「開幕」となるのだろうか。

いやまったく、ここしばらくはてんやわんやの大騒ぎだった。ホストをつとめるとなると会場の手配からメイン・ゲストの出演交渉、イベント企画立案など山ほど雑用があるものだ。わがなんだいミステリ研のメンバーは、黒田・清水・若尾の三先輩に私を加えた四人。この人数では心もとないと、日ごろからなにかと交流のある北摂《ほくせつ》大学ミステリ研究会から、広瀬君、木村君、あゆみちゃん、聖子《せいこ》ちゃんの一回生四人に応援に来てもらった。かくして総勢八名は大車輪で働いたが、うまく運営できるかどうか心配の種は尽きなかった。

ことに苦労したのがイベントのひとつ、犯人あて推理劇だった。なにしろお客のみんなは百戦錬磨《ひゃくせんれんま》のマニアぞろいである。見破られるのは仕方ないにしろ、あくまでフェアな出来にはしなければならない。ミステリ作家志望だと以前口をすべらせていたせいで若尾先輩から原案提出を命じられた私は、灰色の脳細胞を絞《しぼ》り尽《つ》くして悩んだあげく、一週間前にやっと次のようなアイデアを提出した。

「四人の人物がコーヒーを飲んでいた。一人はブラックで、一人は砂糖のみ、一人はミルクのみ入れ、最後の一人は砂糖とミルクを両方入れていた。砂糖とミルクを入れた一人がコーヒーを飲み干した直後に死んだ。毒殺である。残り三人の中に犯人はいるが、コーヒーを入れてから飲むまでに全員がいっせいに席を外《はず》した時間があったので、毒を入れる機会は全員にあった。毒殺騒ぎで残りのコーヒーはみなひっくりかえり、床にこぼれてしまったが、それを分析するとその中からも毒が検出された。ただしこぼれたコーヒーはまざってしまったのでどのカップに毒が入っていたかはわからない。また、コーヒー豆やミルク、砂糖からは毒は検出されなかった。犯人は単独で共犯はいない。そして犯人が殺そうとした相手は、死んだ人物ただ一人である。以上の条件から犯人は誰か、論理的に指摘せよ」

腹立たしいことに黒田先輩はこの原案を読んだ二秒後に犯人を指摘し、若尾先輩はその三秒後に問題設定そのものの無理をいくつも並べあげた。そりゃつまんないネタだったことは認めるけどさ、あと一週間しかないのに原案を完膚《かんぷ》なきまでに破壊してしまってどーするというのだ。企画自体つぶれなかったのは清水先輩が補作を引き受けてくれたおかげである。「筋肉」と「頭脳」が暴走すると破局《カタストロフィ》が起こる。それを止めるのは「良識」の存在だ――さながら人間社会の縮図であろう。

とはいえ、シナリオができあがったのは昨日。出演者が読み合わせをしたのは今朝になってからである。まあ、演技を期待する向きもないだろうけど。……え？　解答？　そうね、みなさんちょっと考えてみてください。

さて、どう心配したところで開会時刻は来る。ホールの扉《とびら》を閉じたとたん、その中はミステリマニアの小宇宙となった。開会あいさつ、各サークル活動報告、本日のメインゲストである作家、森田博士《もりたひろし》先生の講演会とサイン会。

どう心配したところで開会してしまえばなんとかなるもんである。細かい失敗は多々あったにしろここまでは無事進行して、さて、いよいよ推理劇の始まりとなった。私は受付のデスクから高みの見物、とはいえ自分が原案を出した作品が目の前で演じられるというのはあまり心臓によくない。

「ねえ、今んとこの人数教えてくれへん。解答用紙配ったりする目安がいるし」

おっとりした人柄で細かい点のフォローに回る聖子ちゃんが受付にやってきた。

「はいはい。……っと、OB・一般が十五名、学生が二十一名、計三十六名」

芳名帳《ほうめいちょう》がわりのルーズリーフに記名した人数を手早く数え、メモに走り書きして渡す。

劇の進行は順調だった。ホールの前のスペースで演じるのでそう凝《こ》った舞台設営をするわけにもいかず、劇というよりラジオドラマのような形式だが、例の原案から清水先輩が仕上げてくれたそのシナリオはなかなかおもしろかった。みんなでコーヒーを飲むという設定のため用意した舞台は、友人たちが集まったささやかなクリスマスパーティーである。さりげない会話が浮かび上がらせる錯綜《さくそう》した人間関係と殺意の暗示。コーヒーをいれ、あとは飲むばかりとなったそのとき、仕組まれたボヤ騒ぎで全員が席を外す。

空《から》になった部屋に響く足音……。

素人《しろうと》にしては演技陣もよくがんばった。黒田先輩は口八丁手八丁の熱演、広瀬君はひょうきんに、清水先輩は物静かに、きまじめな木村君はとつとつと。被害者役の若尾先輩はあくまでマイペースに殺された。

隣りの小部屋にパーティー会場を再現したのは、舞台上に設営できなかった埋め合わせである。つまり劇のあと、希望者には事件直後の会場という設定にしたその部屋の現場検証をしてもらえるわけだ。そこに用意したのは人数分の椅子《いす》とテーブル。テーブルの上にはケーキの箱、これは本物のケーキ入り。食べる前に毒殺騒ぎが起こっているので手はつけないままということになっている。それから皿が数枚。コーヒーポット。パーティーの雰囲気を出すための花束。広瀬君が調達してきたアレである。花瓶にはそのへんに転がっていた牛乳ビンを使った。花束に対してビンの口が狭かったので、生けたというより黒田先輩が力ずくで押し込んだ。紙コップが床に散らばり、コーヒーがこぼれている——といっても、センターの床を汚すわけにいかなかったので持参の透明ビニールを敷いた上にであるが。これはまあ、「見えない」ことにしてもらうようお願いしてある。

ここだけの話、現場を見なくても犯人は指摘できるのだが、結局ほとんどの参加者が「現場」を見に行った。さすがはマニア、たとえ芝居であれ、ひとめ事件現場を見たいのであろうか。みんながホールに戻ったのを見計らい、聖子ちゃんが解答用紙を配った。さらさらとペンを走らせる者、じっと考え込む者。単に犯人をあてるだけでなく、推理の道筋も示してQ．E．D．（証明終了）までやってくださいと言ってあるので、けっこう時間がかかるだろう。ホスト側もしばらくは息がつける。

これがすんだら夕食の休憩《きゅうけい》だが、一足先に若尾、黒田、清水の三先輩が抜けることになっていた。この三回生トリオは文学部英文科の同じ研究室にいる。一度冗談で、「この三人を指導する先生は大変ですねえ」と言ったら、若尾先輩は鼻で笑い、清水先輩は本気で困り、自信家の黒田先輩は「え、なんでや？」と真顔で聞くので（これは本当にわからなかったにちがいない！）二度と言うまいと決心した。まあそれはともかく、今日はこの近くのホテルでその研究室の名誉教授の出版記念パーティーがあるとやら、ちょっとの間でいいから顔だけ出さなければならないそうだ。ホールの隅に集まって先輩たちが留守の間の手順を確認する。

「本当にすみません。七時すぎには戻れると思いますから」

平安貴族のような風貌《ふうぼう》の清水先輩の穏やかな言葉に、西部開拓農民のごとくごっつい黒田先輩が言った。

「清水、甘やかしたらあかん。これも試練や」

「そうですよ。それに、六時から七時半までは休憩やし、もし何かの都合で遅れはってもそのあとはクイズ始めてたらええんでしょう？　このへんは手順がわかりやすいから大丈夫です。クイズ大会のあとのオークションは、ちょっと私たちだけじゃつらいけど」

オークションは交流会メインイベントのひとつである。参加者が処分したい本を持ち寄って競《せ》りにかけるわけだが、絶版本など貴重な本が手に入るチャンスなので白熱することしきり。先輩たちの話によれば、九時ごろから始めてたいてい明け方までかかるそうだ。泊まりがけの交流会という以上宿泊室も用意しているのだが、例年そこを使用する人はほとんどいないという。思えばすごいイベントである。それほどのイベントを私たちだけでやる自信はない。私の言葉に清水先輩が答えた。

「大丈夫、そんなに遅くなるわけありませんよ。心配しないで」

そこを不気味な声が邪魔した。広瀬君である。

「ホント、早く帰ってらしてね。アタシ、寂しい」

「やめんか。一生帰ってきたくなくなる」

数代前の先祖に堕天使《だてんし》がまざっていると噂《うわさ》される美貌の持ち主である若尾先輩の、いかにもクールな一言に討ち死にした広瀬君を残し、三人は退場した。

やっぱり少々心細いのは本当だ。残った五人は一回生ばかりなんだから。去年、わがミステリ研には一人の新入部員も入らなかった。このままではミステリ研の火が消えると、清水先輩は一人静かに悩んでいたと聞いた。そんな清水先輩への黒田先輩の助言は「人生楽ありゃ苦もあるさ」、若尾先輩のアドバイスは「なるようになる。なるようにしかならん」だったそうな。あまり役に立たないアドバイスだって気もするけど、この場合正しかったんだろう。今年になってようやく、創部以来初の女子新入部員が加わったのだから。言うまでもなく私のことである。実は北摂も去年は似たような状況にあり、今年に入って四人の新入部員を迎えたそうだ。今年はミステリ研の当たり年なんだろうか？　こんなに一回生が多いなんて。……そう、当たりか外れかはともかく、この後の「事件」は、私たちが一回生ばかりだったことも確かに原因のひとつだった。


「みなさん、もうよろしいでしょうか。それではこれから、一時間半の夕食休憩に入ります。解答用紙を前のテーブルに置いた箱に入れて退出してください。解答の発表は休憩後になります。夜の部からこのホールは閉鎖になりますので、荷物は持って出てください。貴重品でなければ奥の小ホールのほうに置いていただいてかまいません。そちらが夜の部の会場になります。お食事は近くの喫茶店などでどうぞ」

司会役のあゆみちゃんが声をはりあげる。参加者たちが三々五々退出すると、ようやくほっとした。とりあえずホール閉鎖の準備のため、マイクやカセットその他、使った備品いっさいを隣りの「パーティー会場」、もともとはわれわれの控え室である小部屋に移した。それからもう一度スケジュールの確認をする。

「えーっと、それじゃあこれから、オレと木村で夕食の弁当とお茶を買いに行くんやったな。先輩たちも帰ってから食べるいうてはったから、八人分」

「そう。その間に、私たちはホールの掃除をしながら解答の審査をして優秀作を選ぶ。結果発表と表彰はクイズ大会の前やね」

クイズ大会はもちろん、ミステリがらみの知識を問う問題ばかりである。「フェル博士の奥さんの名前は?」なんて問題に鼻歌まじりで答えてしまう、マニア相手の問題づくりにわれわれメンバーがいかに苦労したか、それはまあ今は言うまい。

広瀬君と木村君が出かけてしまうと、三人娘の天下である。あゆみちゃんが解答を読み上げ、私と聖子ちゃんはホールのゴミをかたづけながら拝聴する。

「えーと、『犯人はコーヒーにミルクのみ入れた木村である。砂糖やミルクから毒が検出されなかった以上、毒はカップに投入されたことがはっきりしている。だがミルクのみ入れたコーヒーと砂糖・ミルクを入れたコーヒーは色では区別できない。両方のカップに入れておいて(こぼれたコーヒーから毒が検出されたのはそのため)、自分は飲むふりだけしておけば、間違いなく被害者を殺し、しかも無関係な二人は殺さなくてすむ。残りの二人にはそれができないので、消去法で木村が犯人とわかる』これ正解やよね」

うーむ。一人目からいきなり正解が出るとさすがに落ち込んだ。将来の進路、考え直したほうがいいかしらん。

「桜ちゃん、まあそう落ち込まんとき。こんな解答もあるんやから。『犯人、清水。理由、いちばんいい人に見えるのが怪しい』それから『犯人、広瀬君。理由、ただのカン』」

「うわあ、強引な答え。そういう力わざ好きやなあ」

聖子ちゃんは優しい。

「あれ、これは……『犯人は花を買ってきた人物。コーヒーはミスへリングで、本当の凶器は花束に仕込まれた毒である。犯人はコーヒーを飲む直前に毒を塗った造花で被害者を刺したのだ。花束の中に一本だけ針金で作った造花があった。これは現場検証で確かめたから間違いない』えーっ、そんなもんあったの？」

「まさか。広瀬君が買うてきたあれでしょ」

「勘違いやろなあ。ところでミス・へリングて誰」

「ミスディレクションとレッドへリングがごっちゃになったんと違う」

「あ、なるほど」

こんなふうにわいわい言っていたとき、不意に広瀬君が戸口に現われた。

「あ、お帰り。お弁当は買え……」

言いかけて、あゆみちゃんは言葉を切った。いつもは太平楽《たいへいらく》な広瀬君の丸顔が妙な黄色になっている。

「やられた。泥棒が入った……」

あゆみちゃんは声もなく解答用紙の束を取り落とした。

「ど、どうしたの」

元パーティー会場は確かに、盗難現場と呼ぶにふさわしいありさまだった。ひっくりかえったテーブルに椅子。落ちた牛乳ビンには大きくひびがはいっている。中の水が床のビニールに広がって、コーヒーの色を薄めていた。そのうえに花がぶちまけられている。

「よかったあ、箱ごと落ちてるから中のケーキ、つぶれただけやわ。まだ食べられる」

聖子ちゃんは強い。だが問題はそこではない。第一、証拠物件に勝手に手を触れていいの？　証拠物件。うわ。不吉な響きだ。

「いったいこれは……隣りにいたのに全然気がつかへんかったなんて。誰かのいたずら？」

あゆみちゃんのつぶやきに、木村君が細い眉《まゆ》をよせて答える。

「それにしちゃ悪質だ。それに、金が盗まれてる」

「金って……あああああっ！」

よく女性の叫びを絹を引き裂くような、と形容するが、このときの三人娘の悲鳴はそんな優雅なものではなく、さながら断末魔《だんまつま》のうめきだった。われらおめでたい一回生五人は、受付で徴収《ちょうしゅう》した参加費、まだ計算してないがざっと考えても十万は下らない額のお金を備品と一緒にこの部屋に置き去りにしたまま、掃除に買い物にと散っていたのだった。

「あ、あんな大金大金大金……」

目がすわってしまったあゆみちゃんに広瀬君はあわてたようだった。

「大丈夫や。見つかってる。でも、足らへんのや」

「初めっから頼むわ」

説明してもらわないとわかりそうにない。私の言葉に木村君はちょっと銀縁メガネの位置を直して話しはじめた。


控え室が空になったのは六時十分ごろ、木村君と広瀬君が手にお弁当の袋をぶらさげて控え室のドアを開けたのが六時二十五分ごろだったという。十五分の間の犯行だった。前に述べたような状況の部屋を目にして、二人は一瞬声も出ずにぼうぜんとしていたらしい。それから部屋を飛び出した。やはりこういう場合、なんとなく犯人の足取り探しという気になる。

この研修センターはだいたいL字の形をしている。今日いっぱいは関ミス連貸し切りなので外部の人はいない。そのときはもちろん、私たち以外の参加者は出払っていたため森閑《しんかん》としていた。L字の短いほうの辺の内側に玄関があり、ロビーをはさんでホールと控え室が並ぶ。広瀬君は右手に走って意味もなく玄関ロビーを一回り、五秒で元の位置に戻ってしまった。木村君は左手に走って上の長いほうの辺に入った。こちらには夜の部で使う予定の小ホールと宿泊室、トイレや洗面所が並び、いちばん奥のちょうどLのてっぺんに当たる位置には非常口のドアがついている。その廊下に立った木村君は、宿泊室のドアの下に半分隠れるように落ちていたそれを見つけたのだ。参加費をまとめて入れておいた封筒を……。


「それじゃあ、犯人が落としていったんかなあ」

　聖子ちゃんが言うと、広瀬君がエラリィを気取ってか肩をすくめる。似合わない。

「そこがおかしいねや（大阪弁はますますミスマッチだ！）。参加費は一般四千円、学生三千円やろ。参加者の数から計算して、ええと（とメモを見ながら）十二万三千円入っているはずなのに、封筒には十一万千円しか入ってへんねん」

「一万二千円だけ、抜いてったってこと……？」

　不自然だ。そんな泥棒があるだろうか。全部落とすというならまだわかる。よほどドジな泥棒ならありうる。でも一万二千円だけ抜いて残りを落とす、または捨てていくなんて、そんな無欲な泥棒が……。

　でも当面の私たちの頭を占めていたのはその謎《なぞ》自体よりも、とにかく善後策を、という思いだった。私たちはたぶん、ネッシー愛好家がネッシーを愛するのと同様、謎をこよなく愛している。だけどいくらネッシー愛好家でも、自分の家の寝室にいきなりネッシーが寝ていたらあんまり嬉しくはないだろう。それと似た事情である。

「どうする……？」

　何度目かの言葉だった。迷える小羊五匹は、さっきから堂々巡りの論議をしていた。すぐ警察に届けるべきだ。それはわかっている。もし参加費が全部なくなっていたのなら迷わずそうしただろう。しかし消えた金額一万二千円、というところがネックだった。いくら貧乏学生でも、責任者みんなで分ければまあなんとかなる額だ。高いハードカバーなら一冊に満たない。なにしろお金の保管がうかつだった責めはこちらにある。ホスト校として、関ミス連をぶちこわしにするよりはそちらを選ぶべきではないか。

　ぶちこわし。そう、そこが問題だった。ゆきずりの物盗《ものと》りならまだいい。宿泊室の前に封筒が落ちていたとなったら誰でもまず内部犯行を疑いたくなる。警察に連絡すれば現場検証が行なわれるだろう。まずいことに、現場には推理劇における「現場検証」で参加者全員が一度は入っているので、全員の指紋採取が必要なのではないか。それに事情聴取とか。うちのメンバーを入れれば参加者五十名近く、本気でやったら徹夜ものだ。あいにく警察の方とはミステリの世界を通じてしかお付き合いがないので、こういう場合具体的にどうなるのかは皆目《かいもく》わからず、したがって想像ばかりふくらんでいくのだった。『みすてりい？　へえ、推理小説を研究する団体？　それじゃあ、お得意の推理で犯人なんてすぐあてられるでしょう』なんてありがちなせりふを、警察の人は本当に口にするだろうか（なんてことはどうでもいいんだが）。

……結論は出ない。すでに七時が近い。永遠に悩みつづけるわけにもいかない……そのとき。

「帰ったでえ」

控え室の入口で黒田先輩の大声が響き、続いて若尾先輩が優雅な足取りで入ってきた。それから清水先輩の穏やかな笑顔。次の瞬間三人の先輩を取り囲んだ私たちの姿は、まさに迷える小羊が羊飼いを見つけた姿さながらだったにちがいない。

主に木村君とあゆみちゃんが事態を説明し、広瀬君が感嘆符で合いの手を入れる間、先輩たちは一言も私たちを責める言葉をもらさなかった。状況打開の役に立たないことはやらない、それがわがミステリ研のモットーである。

「つまりこういうことですか。現金を入れた封筒がいったんとられたけれど、戻ってきた。だが中身が不足していた。それにこの控え室が荒らされていた。だけど、闇雲《やみくも》に荒らしてテーブルや椅子をひっくりかえしたのなら、隣りに吉野さんたちがいたんやから音に気づいたはず。よほどそっとやったんでしょう。妙ないたずらですね」

清水先輩が柔らかな口調で要約する。そう、本当に、考えれば考えるほどおかしな事件だった。玄関は開けっ放しだったし、非常口も開いていたのだから、外から泥棒が侵入することは十分考えられる。でも泥棒ならどうして一万二千円だけ盗んで残りを置いていくのだろう。なんのためにそっと、音を立てないようにテーブルや椅子を倒したり、ケーキの箱をひっくり返したりする必要があったのだろう。といって内部のいたずらとも考えにくい。ミステリマニアがいたずらするなら、プライドにかけてもう少ししゃれたやり方をするんじゃないかしらん。これって買いかぶりだろうか。

「こんなん考えられませんか。参加者の中に、お金がないけどどうしても交流会に参加したい人がいた。だから金を盗んだけど、全部盗むとみんなに迷惑がかかると思って、一部をとってあとは戻した」

先輩たちの顔を見て元気を取り戻したか、広瀬君が推理を披露《ひろう》する。

「ちょっと不自然やわ。一部とっただけでも、悪くすると警察に知らせがいって交流会が中止になるってこと想像つくはずやし、そこまで交流会に参加したい人ならそんな事態を招くようなことすると思えへん。逆に中止になってもかまへんと思うぐらい交流会にこだわりのない人なら、お金ないのに会費払って参加したりせんとよそでバイトでも探してるやろしね」

あっさりあゆみちゃんに否定されてしまった。

「そうや。それより肝心なのはこの部屋の様子やで。おかしいと思わんか」

黒田先輩が思わせぶりな言い方をする。

「ええか。犯人が何かの事情で音を立てないようにそっと荒らしたんだとする。そしたらなんで、牛乳ビンは落ちてひびがいったんや」

一回生五人は、ブロンクスのママの質問を聞いた息子刑事のような顔になった。要するに、まったく質問の意図がわからない。たいしたもので清水先輩はちゃんと応答する。

「そうやな。音を立てないようにするなら、牛乳ビンもそっと床に転がしておいたらええんですから」

「うっかり手がすべって落としたんかもしれませんよ」

あゆみちゃんの言葉に清水先輩がうなずく。

「そう、そうやと思います。それだとしたら気になる点が出てくるんです。なんで、花がぶちまけてあるんか。覚えてるでしょう。花束をビンに入れたとき、口が狭かったからかなり無理に押し込んだ。ということは、抜くときにも抵抗があったはずや。うっかり落としたくらいで花が全部抜けるはずがない。花が入ったままビンが転がっているならわかります。でもこの状態はどう見ても、まず花束をビンから抜いて、ビンを落として、その上に花をぶちまけたとしか思えない。ほかのものは、テーブルにしろケーキの箱にしろひっくりかえしただけやのに、花束だけえらく念入りな荒らし方やないですか。それがどうも気になるんですよ」

「花……？　あーっ！」

思わず間抜けな声が出た。

「それだ。花ですよ花。聖子ちゃん、あゆみちゃん、ほら、あの解答。花束の中に造花がまざってたって。ただの思いちがいと思ってたけど」

事情はまだよくわからないけれど、糸口を見つけたらしい興奮にしどろもどろになりながら、さっきの奇妙な解答の説明をした。みんなの視線が広瀬君に集まる。アンタはいったい何を買ってきたのだ。

「や……やめてくださいよ。オレは単に向かいの花屋から買ってきただけで。一本一本見たわけやないから、造花なんて気ィつかへんかった」

「わかった。それや」

黒田先輩が指を鳴らそうとする。ところが黒田先輩はこれが絶望的に下手なのだ。かたわらの椅子を起こして座っていた若尾先輩が、澄ました顔で替わって指を鳴らす。パチリと冴えた音が響いた。黒田先輩はめげずに推理を続ける。

「これはあくまで想像や。むちゃな想像かもしらんけどな。道端に広げた店は世間をはばかる品の受け渡しに便利なんとちゃうやろか。当たり前すぎて盲点になる、いうやつや。花束の中にぱっと見にはわからへん造花をまぜておいて、その中にその品を仕込んでおく。取引相手が来たらその花束を渡す。その品が何かはまったく見当がつかへんにしても」

「麻薬とか」ハードボイルドや警察小説が好きな広瀬君が言う。

「マイクロフィルムとか」最近国際謀略ものに凝っているあゆみちゃんが言う。

「切手とか」これはエラリアンの木村君。切手のどこが世間をはばかるのかよくわからないけど。とにかくここできっとみんなの頭の中には、それぞれ最近読んだミステリの設定が渦巻《うずま》いていたにちがいない。

「広瀬、さっき、買ってくるときなんかもめてたから適当に持ってきた、言うてたな」

「ええ。近くの家の人らしいおばちゃんが、自転車通るのにジャマやとか文句言うてたんですよ。開会の時間が迫ってたし、一束五百円て札が出てたから、五百円置いてバケツから一束抜いて走って戻ったんです。これもらうで、って声かけて」

「さあ、そこや。ひょっとしたらその花束こそ、本来客には売ったらいかん、『仕込み花束』だったんかもしれへん。一本だけ造花の花束なんて、まあ普通ないからな。売ってたやつは気がついて追いかけようとしたかもしれんけど、あいにく広瀬の目的地は目と鼻の先、もう建物に入ってしまった」

　私は道路の向かいで何か話し合っていた若者二人を思い出した。何者かはわからないが、彼らもさっきの私たちみたいに善後策をひねり出していたんだろうか。

「でも……それなら、その花束は都合が悪いから交換してくれとか何とか、言ってくればええんとちがうかしら」

　聖子ちゃんがもっともな疑問を出した。ぐっとつまった黒田先輩に替わって清水先輩がゆっくり話し出す。

「うーん、それは考えたと思いますよ。せやけど、交換するといっても花束に一見して明らかな不都合があるわけやない。これでいいとこっちが言ったりしたらおしまいです。なんでそんなに花束にこだわるのかと、かえって印象づける結果になることを嫌ったとしたら？　それぐらいなら……と、たぶん向こうにとっても賭《か》けやったんとちがうでしょうか。開会してからはホールのドアがしまってたから、ロビーや宿泊室のほうは、少しくらいうろついてても見つかる心配はない。トイレや洗面所もあるから隠れることもできる。たとえ見られてもあまり問題はなかったでしょうけどね。関ミス連には大学生を中心に高校生から社会人まで、かなり幅広い年齢層の人が集まるでしょう。スーツ姿もジーンズ姿もいてる。誰がまぎれこんでも、まあ『きんさんぎんさん』のような双子《ふたご》のおばあちゃんでもくれば別として、不審に思われることはあまりないような気がします。で、ロビーに入ってみたら、プログラムはホールの外側にはってあったから、みんなの行動の見当がだいたいついたはずです。六時以後にはずいぶん人が出払うから、忍び込んで問題の花を一本こっそり抜いてくるくらいはできると思ったんやないかな」

ここでまた黒田先輩が引き取った。

「そうや。犯人は広瀬と木村が出かけ、女の子三人がホールにこもるのを確かめて控え室に忍び込み、問題の造花をビンから抜こうとする。ところが花束がぎゅうぎゅうに押し込んであったせいですぐには抜けない。はずみでビンを落としてしまい、ひびが入る。犯人は困ったやろうな。ほんとはそのまま戻しておけば、誰かがドジったんやろですんでたかもしらんけど、犯人としては疑心暗鬼《ぎしんあんき》や。とにかく花束に注目されることだけは避けたい。手当たり次第に荒らされたようにしておいたほうがいいと思いつく。音を聞きとがめられないように注意しながら、あたりのものをひっくりかえして、逃げる。大胆なやり方やけど十五分あれば充分やろう」

「それじゃ、お金をとったのも動機を隠すためでしょうか」

あゆみちゃんの言葉に、ここまでわりあい静かだった若尾先輩がフフンと笑う（後にあゆみちゃんは、あの笑い方、ほんとににくったらしいけどカッコいいと語った。まったく、名探偵コンプレックス患者はどうしようもないなあ。気持ちはわかるけど）。

「まだ気づかないのかい？　侵入者はいたが金を盗んだやつなどいない。無欲な泥棒なんていなかったのさ」

「だって、一万二千円足りへんのですよ」

広瀬君が口をとがらせる。

「作家さんの参加費」

若尾先輩がたった一言。

「あっ」「あっ」「あっ」

一回生はいっせいに言葉を失った。

そうなのだ。作家の先生方は招待扱いだから、受付では記名してもらうだけで参加費は徴収しない。何か配布するときはもちろん人数に入れるから、推理劇のとき私が確認してつくったメモ、あれは実人数だった。だが参加費の決算をするなら、作家さんの人数は引いて計算しなければならない。ところが広瀬君や木村君は受付にいなかったのでそのあたりの事情に詳しくない。荷物を控え室にまとめたとき、聖子ちゃんが例のメモもそこに置いたのだろう。広瀬君がさっき見ていたメモがたぶんそれだ。広瀬君たちがそのメモだけを見て参加費収入を計算したなら、確かにメインゲストの森田先生と特別参加のお二人の計三人分、つまり一万二千円足りない勘定《かんじょう》になる。一方まだ収支決算がすんでないので、封筒に本当はいくら入っていたか、受付をしていた私たちも確認していなかった。だから広瀬君のいう「入っているはずの金額」を信じこんでしまった。こうして幻《まぼろし》の「無欲な泥棒」が生まれたのだ。ワトソン博士ではないが、言われてみればなんでこんな初歩的なことに気づかなかったのか。

若尾先輩はポーカーフェイスに戻って説明を続ける。

「この犯人は中身に手をつけないままの封筒を宿泊室にほうり出しておくことで、内部いたずら説を強めようとしたんだろう。盗まれたものはない、多少部屋はかき回されたけれど被害は割れた牛乳ビンだけ、それも内部のもののいたずらかもしれないとなればこの事件はうやむやになる可能性が高い、と踏んだんだ。実際もし金が足りないと思わなければ、一回生諸君、この事件は僕たちにも知らせず片づけてしまったんじゃないか?」

おっしゃるとおり。犯罪行為というほどでもないと判断したら、自分たちの失敗を先輩に知らせるよりそっちを選んだかもしれない。

「でもそれやったら……どうしましょう。やっぱり警察に知らせたほうが」

「さあ、どうかな。盗まれたものもない、部屋がかき回されただけの事件だ。ここまでの話なんてただの絵空事《えそらごと》かもしれないだろう。信じてもらえそうもない。そのために関係者一同の事情聴取なんてなったらいささかめんどうだな。それにもし僕たちの推理があたっていたとしても、こんなことになった以上犯人連中は雲を霞《かすみ》と逃げただろうし

(事実——桜子注——センター前路上の花屋さんはとうに姿を消していた)、二度とこのあたりで同じ手は使わないだろう。指紋を残すようなヘマをするとも思えない」

そういえばあの青年たち、花売りらしく軍手をはめていた。

「広瀬が人相を覚えているわけもないし……」

「なんや、聞きもせんと前提にせんといてくださいよ」

広瀬君が抗議する。

「覚えているのか？」

「全然」

「……むだな抗議はよせ。とにかくそれなら、この情報が今後の犯罪捜査に役立つわけでもない。参加者に迷惑をかけるだけの結果に終わりそうだ。気が進まないね」

若尾先輩は徹底した合理主義者だ。マキャベリストの素質、あると思うぞ。

「でもなあ。ひょっとしたら何か大きなヤマかもしれんのに、黙っててええもんかな」

自分が始めた推理とはいえ、やや持て余した様子で黒田先輩が言う。

「こうしたらどうでしょう」

収拾案《しゆうしゆうあん》を出したのは、いつもながら清水先輩だった。

「今日の特別参加の作家さんはお二人とも、作家であると同時に名探偵でもあるでしょう。そのうえ身内に警察関係者がいてはりますよね」

「ああ、法月綸太郎《のりづきりんたろう》先生！　確かお父様が警視さんですよね」

「それに、鹿谷門実先生は……」

「桜ちゃん、あかん、うちまだ途中なんやから、鹿谷先生の正体ばらしたらあかん」

鹿谷先生のデビュー作を最近やっと読みはじめたあゆみちゃんが悲鳴をあげる。ええと……ええと……ああ、ネタばらしになるかな。

「まあそれはともかく。あの先生たちにここまでのいきさつを説明してみたらどうかと思うんです。名探偵としての意見もあるやろうし、警察のその部門に非公式に情報を伝えてもらえるかもしれへん。僕にもそのへんは確信もてませんけど」

「でかした、清水、それや。まかせたで」

「……まあ、僕の仕事でしょうね」

清水先輩、別に雉子《きじ》が鳴いて撃たれたわけではない。うちのミステリ研は部長を置かず、世にも不思議な「三頭体制」をしいているのだ。清水先輩はその温和な性格から対外折衝《せっしょう》のいっさいを受け持ち、若尾先輩はミステリに対する論客ぶりからサークル同人誌「マウストラップ」の編集長を務めている。黒田先輩はって？　コンパからレクリエーション行事全般の仕切り役。世に言う「適材適所」である。

「さすがやなあ。オレらには思いつきもせん手や。初めから先輩たちがいてくれはったらあんなに悩まんですんだのに」

「初めから僕らがいたらそもそも金はとられてない」

「そうや。金の保管がずさんやぞ。反省せえ」

状況を打開するまでむだな非難はしないが、いったん解決してしまえば、人の失敗は大いにツッコミの種にする。これが若尾・黒田両先輩のモットーである。本日二度目の討ち死にを喫した広瀬君に一回生一同、つきあう。確かにこれは言い訳のしようもなく、われわれ一回生の責任だ。優しい清水先輩は話題を変えてくれた。

「よし、それで決まった。先生方にはあとで話しときます。もう七時半やし、次のスケジュールに移りましょう」

「あの……もうひとつだけ」

木村君が顔を上げた。

「なんや」

「参加費収入が盗まれたんじゃなく、初めから十一万千円しかないんだったら、ですが」

「だから何や」黒田先輩は短気だ。

「……赤字なんです」

木村君は会計担当だった。

「支出が十二万超えてますから。言い訳になりますけど、僕、その支出額が初めから頭にあったもので、収入もそれと同じくらいだって無意識に思い込んでて、度を失ったんですよね」

「ふーん。やっぱり参加費が安かったかな。もう五百円ずつアップしてもよかった」

若尾先輩が分析する。ああ、冷静な方だ。

「まあええやないですか。みんなで割ればハードカバー一冊より安いぐらいの負担ですみますし」

清水先輩がどこかで聞いたようなせりふを言う。なんだ、結局元に戻ったじゃないかと思ったとたん、黒田先輩が言った。

「いや、あきらめるのは早いで。確かオークションに寄付が来てたろ」

普通オークションの売り上げはその本を出した人に支払われる。でもたまに本の寄付があるのだ。たとえば出版社からPRをかねて新刊の寄贈とか、今回の場合、とある社会人を中心にしていたミステリ団体から、このたび解散することになったのでこれまで全員の会費で収集していた本を役立ててくれ、とかなりの本が持ち込まれた。こういう場合の売り上げは交流会の運営費にあてられる。

「ええ、ずいぶんいい本があったみたい」

「よっしゃ」

黒田先輩は不敵に笑ってなぜか腕まくりをした。

その後については多くを語る必要はないだろう。クイズ大会に続いたオークションで、黒田先輩は炎の競《せ》り売《う》り人と化した。新しい本を取り出すたびにいかにおもしろいか、あるいは手に入れにくい本かを機関銃のごとく力説。オークションは夜明けまで続いて、大いに盛り上がり——盛り上がりすぎて高値で競り落とした広瀬君がふと気づくと、それはそもそも自分が出した本だったという笑えぬ話もあったが――全般的に普通よりいい値がついたわけである。そう、問題の寄付本の数々にも。

明け方の控え室、八人でつぶれたケーキをつつきながら（あのケーキである。形が崩れただけなんだから食べなきゃもったいないという聖子ちゃんの力説に負けた）集計した結果。収支は見事に二百二十三円の黒字だった。みんなの徹夜明けの顔を見回す。幸せをかみしめるとはこういうことだろうかというような、しみじみした気持ちだった。

すっかりしゃがれて聞き取りにくい声で黒田先輩が何か言った。

「終わりよければすべてよし、ですか」

清水先輩が通訳する。若尾先輩が笑みを浮かべた。

「いや……ここはやっぱり、ミステリ研らしく」

とたんにみんなの背筋がしゃんと伸び、声がそろった。

「――閉幕《カーテン・フォール》！」

（再び作者より）

名探偵江神二郎・法月綸太郎・鹿谷門実（登場順）のこの関ミス連への参加を快諾《かいだく》してくださった――江神さんはあいにく、欠席となりましたが――有栖川有栖《ありすがわありす》・法月綸太郎・綾辻行人《あやつじゆきと》の先生方に心から感謝いたします。

第三部　尾道草紙

尾道市立大学の日本文学科の教授として、亡くなる年まで、年一回、学生たちと小冊子「尾道草紙」を刊行し続けた光原さん。教え子らの創作が、いずれは尾道の「民話」となり語り継がれていくことを夢見ておられました。ご自身の寄稿作品を、ここで光原ファンに公開します。

花吹雪

おばあちゃんの部屋の窓から見下ろすと、以前と変わらず、斜面にはりついたような家々の屋根が目に入りました。あちこちに混ざった黒くて重そうな瓦屋根は、神社やお寺です。この町では、人間も神様も仏様も一緒に混ざって暮らしているように思えます。坂を下りきったところには、対岸の島との間に挟まれて、帯のように狭い海が青く光っているのも昔と同じです。

けれど、すぐ下のうちに植わっていた大きな桜の木がなくなったのは、寂しいことでした。空き家になって久しいうちでしたが、庭の桜だけは毎年変わらず花をつけていたのです。

「このあいだ、あのうちの取り壊しが決まって、桜も急に切られてしもうたんよ」

おばあちゃんがそう言いました。大学の春休み、おばあちゃんの看病を手伝いに母方の本家にやって来たわたしには、覚悟していたとはいえ、すっかり小さくなってベッドに埋もれている姿を見るのも寂しいことでした。

「もうすぐ春じゃのに。最後の花を咲かせたかったろうねえ」

おばあちゃんの視線の先の壁に、つぼみを一杯につけた桜の木の絵がかかっていました。答える言葉を思いつかないまま、絵を見ている私に、

「ご近所の絵描きさんが、切られる前のあの桜を描いてくれちゃったんよ」

おばあちゃんはそう教えてくれました。風景の美しいこの町には、絵描きさんもたくさんいるらしいのです。

淡い水彩の、とてもきれいな絵でした。つぼみばかりだと思ったけれど、近づいてよく見ると、一輪だけ、ぽっと開いている花があるのがわかりました。

「一つだけ咲いてるわ」

そう言うと、おばあちゃんは窪《くぼ》んでしまった目を輝かせました。

「ああ、やっぱり咲きたかったんじゃねえ」

そのときは、意味がよくわかりませんでした。

数日後、本家の伯母さんがこしらえたおかゆをおばあちゃんに食べさせてあげながら、ふと壁の絵を見て、わたしは首をかしげました。絵全体に、うすべにの色が強くなっている……？　おばあちゃんの食事が終わってから、絵に近づいてみました。

間違いありません。絵に描かれた桜が、確かにこの間よりたくさんの花を咲かせているのです。三分咲きぐらいの、内側から輝きだすような色合いの桜でした。

「桜が咲いてる」

驚きのあまり間の抜けた言葉しか出なかったわたしに、おばあちゃんは「ここのところ暖かかったからねえ」と、ごく当たり前のように言いました。

花は日に日に開き続けました。

おばあちゃんには毎日来客があります。おばあちゃんが痛い思い、苦しい思いをしていないか、気をつけてくれるお医者さん。それにご近所の仲良したちも、おばあちゃんを疲れさせないよう、ほんの短いおしゃべりをしにやって来ます。

「きれいになってきたなあ」

「ほんに、霞がたなびくようじゃのう」

「もうじき満開じゃねえ」

絵の桜が咲くのを見て、みんな、当たり前のように言うのです。この町ではこんなことも、ごく普通なのかもしれません。

桜が満開になった日、お坊様が訪ねてきました。おばあちゃんとはやはり、古くからの知り合いだということでした。

「もうすぐ散りますのう」

おばあちゃんのそんな言葉を、わたしは廊下で聞きました。わたしにはこのときも答える言葉が見つからなかったけれど、お坊様はこう言っていました。

「散るときは、そりゃあ美しい花吹雪じゃろう」

おばあちゃんは数日後、家族に囲まれて、息を引き取りました。安らかな最期でした。壁の桜の絵が、花びらをみな散らせていることに、わたしは気づきました。おばあちゃんは花吹雪と共に逝ったのだと思いました。

弥生尽の約束

かすかな風が枝を揺らすと、花びらが舞い落ちてきた。今年の桜は例年より早い。私は今年もそろった皆の顔を見回した。それぞれ年相応の変化を刻んで年老いた顔に、桜の花びらが散りかかる。桜の名所である千光寺公園は花見の酒宴でにぎやかだが、この木は中心部から少し外れたところにあるので、意外なほど静かだった。見下ろす尾道の街の夜景が美しい。オレンジ色の夜汽車の灯りがその中を横切って、尾道大橋の向こうへと消えて行った。

学校の同級生の中でことに仲の良かったこの五人は、卒業に際して、年に一度は必ず会おうと約束した。別れの宴を開いたのも花盛りのこの木の下だった。この先どこへ行こうと、何をしようと、毎年弥生の最後の夜にはここに集まろう――。そのときにそう言い交わしたのだ。

「男の浪漫だな」などと照れ隠しに言い合っていたが、最初はなかば冗談だった。だが翌年も、その翌年も全員が集まることができ、やがて五年、十年と歳月が重なるにつれ、この集まりの重みはだんだんと増してきた。家庭を持ち、仕事も忙しくなると、特定の日に集まるのは難しくなってくる。それでも皆、万難を排してやってきた。私のようにこの地で、あるいは近隣で就職してそのまま暮らしている者はまだしも、かなりの遠方に住んでいる者も何人かいるはずだが、今も約束は守られている。

「はずだ」というのは、こうして集まっても皆、自分の境遇についてあまり話さないからだ。ことさら隠しているわけではないが、ことさら語ることもない。それはおそらく、「浪漫」が変じた「意地」のようなものだった。どこにいようと、何をしていようと、その日になったらこの公園の、この木の下にやってくる。その約束を信じていることを示すために、日ごろはあえて連絡を取らない。弥生尽が近づいても出欠確認などしない。それが不文律となっていた。宴が始まれば、多くを語らないとはいえ、話の端々からかなり無理を押してやってきたとわかる者もいた。残りの者は強引に仔細を聞くことはせず、ただ集まりが無事続いたこと、約束が守られたことを喜んで乾杯した。

卒業以来何十年になるだろうか。この集まりがこれまで続いたのは奇跡といえるだろう。今年も五人全員の顔がそろった。いつもに増してそれが嬉しい。

私は隣に座った一人の顔をそっと窺った。今年の初め、風の便りに彼の死を聞いた。驚いたが、私には必ずまた彼に会えると確信があった。そうしてやはり、今年も彼はやってきた。生前と少しも変わらぬ横顔を見せて、静かに盃を口に運んでいる。弥生の晦日には、どこにいようと、何をしていようと、この桜の木の下にやってくる。彼は自分の死ごときに、その約束を破らせるのを拒んだのだ。

彼だけではない。きっと他の者も、私自身も、自分が死んだからといってこの約束を破りはしないだろう。五人のうち一人でもこの世に残っているかぎり、弥生の最後の晩には、皆がこの桜の木の下に集い来るだろう……。

その桜の木の下では、老人が一人、周囲の喧騒をよそに、静かに盃を傾けていた。まるで親しい友と語らうように、楽しげにほほ笑みながら。

あとがきにかえて

光原さんは詩人、童話作家としても輝くような佳品を遺されています。最初に刊行した本は詩集『道　LA STRADA』でした。初期の童話集『風の交響楽《シンフォニー》』から、作家の魂があらわれているような美しい小品を、著者あとがきにかえて掲載します。

何もできない魔法使い

昔、何もできない魔法使いがいた。偉い魔法使いたちから見れば、取るに足らない存在だった。

あるところに病気の子どもがいた。

偉い魔法使いは、書斎にこもって治療法の書かれた本を探した。別の偉い魔法使いは大鍋《おおなべ》を用意して、ぶつぶつ呪文《じゅもん》を唱えながらいろいろな薬を調合した。

何もできない魔法使いは、何もできなかったので、じっと子どものそばにいた。苦しむ子どもの手を握り、いっしょに汗を流した。

やがて治った子どもを見て、偉い魔法使いたちは、自分の術がきいたのだとけんかを始めた。子どもは自分の手を握ってくれた人を探したけれど、何もできなかった魔法使いは、自分を恥じてもう姿を消していた。

あるところに憎しみに心を囚《とら》われた人がいた。

偉い魔法使いは弟子たちに命じて、すべてを忘れるという言い伝えのある魔法の木の実を見つけさせた。別の偉い魔法使いは、相手に憎しみをぶつける呪いの方法を考え出した。

何もできない魔法使いは、何もできなかったので、じっとその人のそばにいた。憎しみの底にある心の傷を聞いて、いっしょに涙を流した。

やがてほほえみの戻ったその人を見て、偉い魔法使いたちは、自分の術がきいたのだとけんかを始めた。その人はいっしょに泣いてくれた人を探したけれど、何もできなかった魔法使いは、自分を恥じてもう姿を消していた。

あるところに日照りにあえぐ村があった。

偉い魔法使いは、立派な服を着て雨降らしの儀式を始めた。別の偉い魔法使いは、たりのせいで雨が降らないのだと言って、いろいろなものの供養を始めた。

何もできない魔法使いは、何もできなかったので、じっと人々のそばにいた。いつかきっと雨が降るから、と言いつづけた。

やがて降った雨を見て、偉い魔法使いたちは、自分の術がきいたのだとけんかを始めた。村人は自分たちを励ましてくれた人を探したけれど、何もできなかった魔法使いは、自分を恥じてもう姿を消していた。

魔法の力で敵を滅ぼして、大きな国を造った魔法使いもいた。だが、魔法使いが死ぬと国はばらばらになって、魔法使いのことも忘れられた。

魔法の力で不思議に満ちた、大きな城を築いた魔法使いもいた。だが、魔法使いが死ぬと魔法も失われ、城が何のためにあったのかさえ忘れ去られた。

何もできない魔法使いは何もしなかった。だが、何もできない魔法使いが死んでからも、その名を呼べば彼が必ずそばにきてくれるのを、人々は知っていた。昔と同じく何もできないまま、けれどその人が立ち上がれるまで、決してそばを離れないのだった。

偉い魔法使いも、何もできない魔法使いも、時の流れの前にちりとなって消えた。だがほかのすべてが失われた後で、何もできない魔法使いの名だけは、詩になり歌になり、語り継がれて決して忘れられることはなかった。

年譜

一九六四年（昭和三十九年）
五月六日、広島県尾道市に生まれる。
父母と弟の四人家族。犬（スピッツ系の雑種）を飼っていた。
カソリック系の私立尾道清心幼稚園に通う。

一九七一年（昭和四十六年）
尾道市立栗原小学校入学。
小学生の頃、月刊「詩とメルヘン」（サンリオ）の購読を始める。

一九七七年（昭和五十二年）
尾道市立栗原小学校卒業。
尾道市立栗原中学校入学。囲碁部で活動する。

一九八〇年（昭和五十五年）
尾道市立栗原中学校卒業。
広島県立尾道東高等学校入学。吹奏楽部に入り、ユーフォニウムを担当する。

一九八三年（昭和五十八年）
広島県立尾道東高等学校卒業。
大阪大学文学部文学科入学。英文学を専攻する。
推理小説研究会に入る。

一九八七年（昭和六十二年）
大阪大学文学部文学科卒業。
この頃から「詩とメルヘン」に詩や童話の投稿を始める。

一九八九年（平成元年）
大阪大学大学院文学研究科博士前期課程修了。
初めての詩集『道　LA STRADA』を女子パウロ会から刊行。

一九九五年（平成七年）
「吉野桜子」名義で投稿したミステリ作品「やさしい共犯」が鮎川哲也編『本格推理6　悪意の天使たち』（光文社文庫）に収録される。

一九九六年（平成八年）
大阪大学大学院文学研究科博士後期課程単位取得退学。
以後、尾道短期大学講師、同助教授、尾道大学芸術文化学部講師、同准教授を経て、尾道市立大学芸術文化学部日本文学科の教授となる。
＊尾道短期大学が改組して二〇〇一年に尾道大学に、そして二〇一二年に公立大学法人になり尾道市立大学となった。

一九九八年（平成十年）
初の小説単行本『時計を忘れて森へいこう』を東京創元社から刊行。

二〇〇二年（平成十四年）
「十八の夏」で第五十五回日本推理作家協会賞（短編部門）を受賞。
この頃より小劇団の公演に足繁く通うようになる。

二〇〇六年（平成十八年）
この年より尾道大学の学生たちと「尾道草紙」の刊行を始める。

二〇〇八年（平成二十年）
この年より三年間、小説推理新人賞（双葉社主催）の選考委員を、有栖川有栖氏、綾辻行人氏と共に務める。
二〇一一年（平成二十三年）
『扉守　潮ノ道の旅人』（文藝春秋、二〇〇九年刊）で第一回広島本大賞を受賞。
二〇一五年（平成二十七年）
女性作家有志の集まり「アミの会（仮）」（現在は「アミの会」）のアンソロジーに短編を書き下ろすようになる。第一弾は、この年十一月刊『アンソロジー　捨てる』（文藝春秋）。
二〇二二年（令和四年）
八月二十四日、逝去。
十月十八日～二十九日、尾道市立大学にて、学生有志により、追悼展示が行われる。
二〇二三年（令和五年）
四月、尾道市立大学より名誉教授の称号を授与される。

光原百合作品リスト

単著（小説）

『時計を忘れて森へいこう』（一九九八年四月／東京創元社　二〇〇六年六月／創元推理文庫）
『遠い約束』（二〇〇一年三月／創元推理文庫）
『十八の夏』（二〇〇二年八月／双葉社　二〇〇四年六月／双葉文庫　二〇一六年八月／双葉文庫新装版）
『最後の願い』（二〇〇五年二月／光文社　二〇〇七年十月／光文社文庫）
『銀の犬』（二〇〇六年七月／角川春樹事務所　二〇〇八年五月／ハルキ文庫）
『イオニアの風』（二〇〇九年八月／中央公論新社　二〇一五年四月／中公文庫）
『扉守　潮ノ道の旅人』（二〇〇九年十一月／文藝春秋　二〇一二年八月／文春文庫）

単著に未収録の短編

「やさしい共犯」（吉野桜子名義／光文社文庫『本格推理6　悪意の天使たち』一九九五年五月）＊本書に収録
「無欲な泥棒──関ミス連始末記」（吉野桜子名義／光文社文庫『本格推理9　死角を旅する者たち』一九九六年十二月）＊本書に収録

「花影」（講談社文庫『ミステリー傑作選・特別編6　自選ショート・ミステリー2』二〇〇一年十月）
「橋を渡るとき」（祥伝社文庫『紅迷宮　ミステリー・アンソロジー』二〇〇二年六月）
「届いた絵本」（メディアファクトリー『あのころの宝もの　ほんのり心が温まる12のショートストーリー』二〇〇三年三月　ダ・ヴィンチブックス『ありがと。あのころの宝もの十二話』二〇〇四年十月）
「わが麗しのきみよ……」（祥伝社文庫『翠迷宮　ミステリー・アンソロジー』二〇〇三年六月）
「天馬《ペガサス》の涙」（メディアファクトリー「ダ・ヴィンチ」二〇〇三年十月号）
「不思議な写真」（幻冬舎「星星峡」二〇〇三年十月号）
「化石の夢」（双葉社「小説推理」二〇〇四年一月号）
「クリスマスの夜に」（文藝春秋「オール讀物」二〇〇四年十二月号）
「オー・シャンゼリゼ」（幻冬舎「星星峡」二〇〇四年十二月号）
「1－1＝1」（フタバノベルス『小説 ルパン三世』二〇〇五年二月　双葉文庫二〇一一年六月）
「親切な海賊」（幻冬舎「星星峡」二〇〇六年六月号）
「木洩れ陽色の酒」（ダ・ヴィンチブックス『嘘つき。やさしい嘘 十話』二〇〇六年九月）
＊本書収録「花散る夜に」のシリーズ作

「希望の形」(光文社カッパ・ノベルス『事件の痕跡　最新ベスト・ミステリー』二〇〇七年十一月　光文社文庫『事件の痕跡　日本ベストミステリー選集』二〇一二年四月)
「花散る夜に」(光文社文庫『新・本格推理　特別編　不可能犯罪の饗宴』二〇〇九年三月)
＊本書に収録
「不通」(小学館「STORY BOX vol.02　内閣」二〇〇九年九月)＊本書に収録
「青い翼の鳥」(講談社「メフィスト　2009VOL.3」二〇〇九年十二月)＊本書収録「花散る夜に」のシリーズ作
「相棒」(小学館「STORY BOX vol.07　異境」「STORY BOX vol.08　息子」二〇一〇年二月〜三月)＊本書収録「不通」のシリーズ作
「かえれないふたり　第二章　失われた記憶」(角川書店『ミステリ・オールスターズ』二〇一〇年九月　角川文庫二〇一二年九月)
「黄昏飛行」(実業之日本社文庫『エール！2』二〇一三年四月)＊リレー小説
「砂糖なしで和スイーツ」(ポプラ文庫『3時のおやつ　ふたたび』二〇一六年二月)＊エッセイ
「最初の一歩」(角川文庫『推理作家謎友録　日本推理作家協会70周年記念エッセイ』二〇一七年八月)＊エッセイ

「アミの会（仮）」「アミの会」のアンソロジーに書き下ろした短編

「戻る人形」「ツバメたち」「バー・スイートメモリーへようこそ」「夢捨て場」（文藝春秋『アンソロジー　捨てる』二〇一五年十一月　文春文庫二〇一八年十月）
「三人の女の物語」（原書房『毒殺協奏曲』二〇一六年六月　PHP文芸文庫二〇一九年一月）
「アリババと四十の死体」「まだ折れていない剣」（文藝春秋『アンソロジー　隠す』二〇一七年二月　文春文庫二〇一九年十一月）
「ヘンゼルと魔女」「赤い椀」「喫茶マヨイガ」（新潮社『惑　まどう』二〇一七年七月　実業之日本社文庫二〇二二年二月）
「夕暮れ色のビー玉」（光文社文庫『怪を編む　ショートショート・アンソロジー』二〇一八年四月）
「黄昏飛行　涙の理由」（実業之日本社文庫『アンソロジー　初恋』二〇一九年十二月）
＊本書に収録
「黄昏飛行　時の魔法編」（ポプラ社『11の秘密　ラスト・メッセージ』二〇二一年十二月）＊本書収録「黄昏飛行」のシリーズ作
「旅の始まりの天ぷらそば」（角川文庫『おいしい旅　想い出編』二〇二二年七月）＊本書収録「黄昏飛行」のシリーズ作
　★「アミの会（仮）」「アミの会」は女性作家たちの集まり。短編小説アンソロジーを年に一～二冊くらいのペースで刊行中

「尾道草紙」に発表した作品

「雁木の夢」（尾道大学創作民話の会「尾道草紙」二〇〇六年二月）

「花吹雪」（尾道大学創作民話の会「尾道草紙2」二〇〇七年三月）＊本書に収録

「帰省」（尾道大学創作民話の会「別冊尾道草紙　尾道ベッチャー祭り二百年記念号」二〇〇七年十月）

「帰郷」（尾道大学創作民話の会「別冊尾道草紙　尾道ベッチャー祭り二百年記念号」二〇〇七年十月）

「弥生尽の約束」（尾道市立大学創作民話の会「尾道草紙11」二〇一六年三月）＊本書に収録

「浄土寺の願掛け石」（尾道市立大学創作民話の会「尾道草紙13」二〇一八年三月）

詩集・童話・絵本

『道　LA STRADA』（一九八九年八月／女子パウロ会　絵・黒井健）

『やさしいひつじかい』（一九九二年十月／女子パウロ会　絵・佐々木洋子）

『風の交響楽《シンフォニー》』（一九九六年三月／女子パウロ会　改訂版二〇一九年六月／女子パウロ会　影絵・藤城清治）＊所収の「何もできない魔法使い」を本書に収録

『空にかざった　おくりもの』（一九九八年五月／女子パウロ会　絵・牧野鈴子）

『ほしのおくりもの　クリスマスどうわ』（一九九九年十月／女子パウロ会　絵・牧野鈴子）

『星月夜の夢がたり』（二〇〇四年五月／文藝春秋　二〇〇七年七月／文春文庫　絵・鯰江光二）
『詩集　木洩れ日は　いのちのしずく』（二〇〇八年十一月／女子パウロ会）
『虹のまちの想い出』（二〇一一年五月／ＰＨＰ研究所　絵・鯰江光二　演奏・小原孝）

監修・編纂

「尾道草紙」（二〇〇六年二月〜二〇二二年三月／尾道大学創作民話の会、尾道市立大学創作民話の会）
「おのみち怪談」（二〇一八年三月／本分社　監修・東雅夫）
「おのみち怪談２」（二〇二一年三月／本分社　監修・東雅夫）

翻訳

『あのほしについていこう』（リンダ・パリー／絵・アラン・パリー／一九九五年五月／女子パウロ会）
『ノアのはこぶね』（リンダ・パリー／絵・アラン・パリー／一九九六年八月／女子パウロ会）
『祈りの泉　３６５のことば』（ジーン・ヒントン編著／一九九八年七月／女子パウロ会）

＊学術論文などは除きました。

光原百合さんのこと

有栖川有栖

巻末の年譜にあるとおり、光原百合さんは二〇〇八年から三年間、綾辻行人さん・有栖川とともに小説推理新人賞の選考委員を務めた。

選考後に互いの近況などを語り合っていたある時。病院の検査でよくない診断を受けたことをお話しになった。弾みでつい洩れたのか、口にした方がいくらか気分が楽になるからだったのかは判らない。

大阪大学時代に推理小説研究会に所属していた光原さんは、ミステリ作家としてデビューする前から関西在住の綾辻さんや私と面識があり、ずっと親しくさせてもらっていたものの、肝胆《かんたん》相照らす昵懇《じっこん》な仲ではなかった。そんなほどよい距離がある者だから打ち明けやすかったのか。「私、急にいなくなるかもしれませんけれど、びっくりしないでくださいね」というメッセージだったようでもある。

その後、出版社のパーティなどで何度もお会いしたが、「お体の調子はいかがですか?」などと尋ねたりはしていない。いつもと変わらず上品かつ潑剌としていて、明るい笑顔で周囲の人と談笑する姿を見て、「お元気そうだな」と安堵するばかりで。

「もう大丈夫です」とも聞いていないので、気掛かりではあった。同じ想いだったであろう綾辻さんが、「光原さん、いつもどおり明るくて、偉いね」と言ったのを覚えている。

「偉いね」とは、大人が子供に向けて言っているようだが、他にふさわしい表現があるとも思えず、私は頷くばかりだった。感情を巧みに押し殺せるのは大人の態度として立派である、という意味での「偉い」ではない。今を存分に生き切っているのが感じられ、敬意を覚えたのだ（綾辻さんもそうだったのだろうと思う）。

二〇二二年の夏、光原さんの訃報を知る。コロナ禍で作家の集まる場がなくなり最近のご様子を知らなかったので、強い衝撃を受けた。光原さんに「びっくりしないでくださいね」とメッセージをもらっていたのに。享年五十八は早すぎる。

作家デビュー前夜に書かれたものから、郷里の尾道への想いをこめた比較的新しいものまで、本書には光原さんの作品世界を堪能できる短編・掌編がまとめられているが、日本推理作家協会賞・短編部門を受賞した「十八の夏」は収録されておらず、ベスト・オブ・光原百合という構成にはなっていない。これまでにない形で作品が並べられているので、ファンにとっては追悼のアルバムに思えるだろうし、初めて光原作品に接する方にとってはその作品世界への招待状になる一冊かもしれない。

読みながら、亡き作者の顔が浮かび、想い出が次々に湧いてきたが、私は年譜で光原さんの人生をあらためて鳥瞰《ちょうかん》し、心を揺さぶられた。前記のとおりの間柄なので、ここまでくわしくは知らずにお付き合いをしていた。

人間だから、数知れない苦しみや悲しみ、迷いや痛みを光原さんも経験なさったに違いないのだが、それは光原さんご自身しか知りようのないこと。

年譜が物語っているのは、詩やおはなし（夢いっぱいのメルヘンはもちろん、頓智が利いた謎解きもお好きだったのだろう）が大好きな女の子がお気に入りの雑誌を見つけ、少女期には友人らと囲碁や吹奏楽を楽しみ、大学では知的関心から英文学の研究に進みながらミステリへの愛着を深め、かねて愛読した雑誌に作品を発表し、ミステリ作家として世に出て、英文学の研究者となって郷里に戻り、演劇に興味を広げ、（年譜には書かれていないが）好きな音楽や怪談に関する創作も行ない、教え子や地元の人たちと喜びを共にした――という軌跡。

他人様の人生にコメントをするのは烏滸《おこ》がましいが、それを承知で「生きた甲斐」に満ちた一生でしたね、と言いたい。もちろん、自由気ままに生きたら自然にそうなるはずもない。多大の努力と知恵があって築けた人生で、よき環境で育ち、よき人たちとの出会いといった幸運もあったのだろう。何にせよ、こんな人生なら「生きた甲斐」がある。

人生をゲームに喩え、勝利や成功に執着する人がいる。人生を修行や修練の場とみなして、忍耐や厳しさを必須と信じる人がいる。それで納得できるのなら他人に迷惑をかけない範囲でご勝手に、と私は思う。

人は誰しも望んで生まれてきたのではない。不愉快に感じる方がいるとしても、事実だ。問答無用でいきなり参加させられて、ゲームも修行もあったものではない。

しかし、気がついたら生まれていたのだから、生きなくてはならない。生きる意味を探しながら生きても答えが見つからずに悩む人もいるが、私たちは理屈を通すためだけに生まれてきたのでもないだろう。「生きる甲斐」を手に入れ、「生きた甲斐」を抱いてこの世を去ればよいのではないか。

年譜だけ見れば波乱万丈から遠く、穏やかで豊かな人生。ご本人が不機嫌そうにしたり、疲れていますとアピールしたりする場面は一度も見ず、優しく大らかさを感じさせる人であったが、それは生来のものというより自制心の強さの発露だったのではないだろうか。

そういう人が小説を書いたら、自分が体験したくないこと、ひたすら避けたいことを凝縮し、残酷で恐ろしい作品ができ上がることもあり得る。人は現実で忌避したことを虚構で体験して楽しむ生き物だし、そういう作品は作者に解放感を与えてくれると思うのだが――。

光原さんはもう一周回って（回ったのだと思う）、調和や解決に至る物語をたくさん書いた。優しく心温まる物語と言って終わらない屈折をしばしば持ちながらも、救いを用意した作品が多い。それらは世界をゲーム盤や修行の場と捉えている人に向けて書かれているのではなく、「生きる甲斐」に手を伸ばそうとする人を勇気づけるだろう。思うようにならないことだらけの世界だけれど、その理不尽や不自由さも「生きる甲斐」に転じることがあるのだ、と。

ただ、読者を慰撫《いぶ》しつつも作者は自分を甘やかすのを潔しとしなかった。ミステリという形式を選んだから、調和と解決に至るために面倒な謎を解かなくてはならない。本書の収録作品を読み返しながら、随所で「苦労して難所を乗り越えているなぁ」と感心した。ミステリを愛したせいで抱えた苦労と「書く甲斐」と言うべきか。

ハートウォーミングを売り物にシンプルな小説を書いていたら、もっともっと本が売れたかもしれないが、光原さんにそんな欲があったはずもない。「生きる甲斐」を遠ざけてしまいかねないから。自由でなくなるから。

光原さんはこの世界から旅立ってしまったが、作品は残っている。いつまでも読み継がれますように――と願う。

この大切な本の末尾に寄稿するにあたり、私の想い出話を並べてはいけない、と抑えてきたのだけれど、最後に一つだけお許しを。

二〇〇四年秋、光原さんに招かれて尾道大学（当時）で講演をしたことがある。教え子である学生さんたちも交えて街を散策したり、皆さんと夕食をご一緒したりもした。

講演を終えた日、私は尾道泊まり。駅近くのホテルのティーラウンジでしばし光原さんとお茶を飲みながら、講演について振り返るなどした。どんなことを話したか思い出